不一樣的故事

阿濃愛的故事32篇

阿濃 著

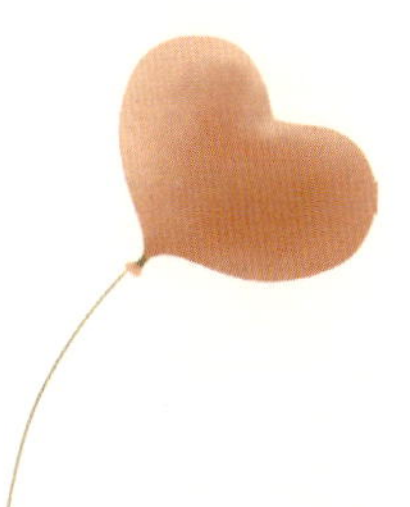

不一樣的故事——阿濃愛的故事32篇
作者／阿濃
總編輯／黃幗坤
責任編輯／楊碧瑤　劉綺華
美術設計／劉碧雲
插圖／Dell
出版發行／突破出版社
香港沙田亞公角山路33號突破青年村
電話：2632 0000　傳真：2632 0388
電郵：breakthrough@breakthrough.org.hk
網址：http://www.breakthrough.org.hk
http://www.btproduct.com
承印／陽光（彩美）印刷有限公司
1999年7月初版1刷
2008年2月初版8刷
2013年7月修訂版1刷
2024年4月修訂版6刷

Stories with a Different Touch
by A Nong
First Printing, First Edition, July 2013
Eight Printing, First Edition, February 2008
First Printing, Revised Edition, July 2013
Sixth Printing, Revised Edition, April 2024

Printed in Hong Kong
ISBN 978-988-8073-88-7

或坐在巨人的肩膀上，或呷一口書香，讓我們的生活漸次提升，讓眼界更見遼闊。

目錄

往日情，繫心頭

把愛傳出去

物輕情意重

序　寫不一樣的

我寫過不少故事，這一次我想寫一些比較不一樣的。因為創作人不想重複自己做過的事，就像我們旅行，總想多嘗試新的路程。

我想寫一些需要較多想像力的故事。我運用我的想像力寫，讀者也要用點想像力看。原來想像力就像翅膀，作者有了它，可以飛越一些藩籬，擴闊了寫作範圍；讀者有了它，便可以一同飛翔，參與創作，想像出連作者都不曾想過的奇想妙思。

我想寫一些並不那麼現實的故事，可是它們又並不與現實脫節。它們有點像夢，包括夜間睡着時做的夢和白天醒着時做的夢。它們或許不會在今天的生活中出現，但說不定到了明天後天，這些夢居然成真。

我想寫一些有異鄉風味的故事，可是它們又並不使人覺得陌生。原來異鄉的風景或者不同，口音或者有異，但那裏的人的體溫在探熱針上有同樣的度數，就像他們對事物的反應所表現的感情，與我們並無多大差別一樣。

我想寫一些深情的故事，但要通過平淡的表面去感受。現實生活中的我們總是粗心大意了一點，因此多少深情厚意被疏忽了。我想通過故事提醒大家：你要細細體會啊！

我拒絕寫醜惡的人、醜惡的事，因為不想浪費筆墨。世上有這麼多的好人好事，我寫也來不及，何必寫壞人壞事惹大家憎厭。

因此，這書的故事，講的是一些美麗的人，他們美麗的感情，和他們所做的美麗的事。

作者電郵，歡迎聯絡。郵址：a-nong@shaw.ca

問世間情是何物

自古至今，有情人心裏明白，嘴裏無法說清楚的問題。

每天黃昏，都有雪糕車帶着音樂經過我家門前，其中一首是我熟悉的歌，歌名我忘記了，說的是小夥子因為窮，只能用雙人單車迎娶一個叫 Daisy 的女孩，想像她坐在上面的樣子是如此甜美。當雪糕車停下時就有幾個金髮碧眼的美麗小女孩和醜得來趣致的小男孩排起隊來買雪糕。

有一次我偶然發現賣雪糕的有一副華人面孔，他跟孩子們有說有笑，使我幻想他選擇這個帶來歡樂的工作，說不定背後有一個故事。後來我就寫了〈Daisy, Daisy〉，雖然不是一個快樂的故事，但像這一章其他愛的故事一樣，或癡心或執著或迷戀或陶醉，都有他們的動人處。

我找到了我的所愛。

情信

「理察，你來一來。」

理察正在露台上打理他心愛的蘭花，這株君子蘭在他悉心的栽培下，過幾天又會開花了。他聽到妻子在客廳上喚他，用布抹了抹手，才走進去。

妻戴着老花眼鏡，坐在沙發一角，她手上有一本書。

「珍，什麼事？」

「我想你來看看這一段。」珍把手上的書遞給他。

理察把書接過去，一面看一面念出來，這是他多年的習慣：

「……自從遇見了你，我便對自己說：不枉此生了！因為我找到了我的所愛。自今而後，不論我的遭際如何，命運如何，甚至不論你是否愛我，這對我來說也再無分別。因為，我找到了！」

「怎麼樣？動人嗎？」珍問。

「我好像在什麼地方見過。」理察說，他看看書名，是一位畫家的傳記。

「你當然見過。」珍說，「三十年前，你寫過一封信給我，信上也有這一段話。」

「你的記性這樣好？」理察似乎有點不安了。

「因為你的信我看過數十百次，而且這封信還在，我保存得好好的。」珍說。

「我有點記得了。我看過這封畫家寫給他愛人的信，很是感動，覺得他所寫的正是我心裏想說的，便抄在我給你的信上了。」理察說。

「可是你——」珍的臉色一下子變得很難看。

她記起那時候有兩個男子同時追求她，一個是理察，一個是阿東。在她難以取捨的時候，她收到了理察一封信，信上正有這一段話，這段使她十分感動的話。結果她嫁給理察，而幾十年來阿東居然沒有結婚。

想不到三十年後，她偶然從圖書館借了這書回來，才發現這段話不是出自理察本人。

「你是為我三十年前的一次抄襲生氣嗎？」理察的語氣不大好，他心裏有一句沒有說出來的話：「這三十年我待你不好麼？」

珍沒有再說什麼，獨自回房，躺到牀上睡了。

這天晚上，他們之間竟沒有交換過一句話。

理察第二天要去開什麼蘭花會，一早出門去了。

珍獨自一人在家，她從樟木櫃子裏找出了那封信，拿到洗碗盆上劃着了一根火柴，信紙變成了一堆灰，她扭開了水龍頭。

一位叫東伯的老人家，這天收到一個電話：

「阿東，對不起！」電話裏傳來一位老太太的聲音。

「喂，喂，你是誰？」東伯大聲問。

「胡……」電話的那一頭已經掛斷了。

Daisy, Daisy

每天黃昏時候，雪糕車響着音樂駛來這個小小的公園旁。在園裏玩耍的孩子和附近居住的饞嘴貓便會聞聲而至。

那天阿森剛好騎自行車經過，也在小朋友們後面排隊買了一筒軟雪糕。

從那天起，黃昏時候阿森總會跟他的自行車在這裏出現，不是因為他愛上了軟雪糕，而是因為一雙憂鬱的大眼睛。

大眼睛屬於一個叫阿菊的女孩，她瘦瘦的穿一件半舊的花布裙，腳上踏着拖鞋。那天他們交換了一個眼神，什麼也沒有說。不過阿森終於在第三次碰到她時，鼓起勇氣認識了她。

雪糕車的音樂有幾首都很動聽，他們最喜歡的是那首

《Daisy, Daisy》。這是一個女孩子的名字，也解作雛菊，於是阿森便叫阿菊做 Daisy。阿森的姊姊教過他唱這首歌，他又教會了阿菊唱：

Daisy, Daisy, give me your answer do.
I'm half crazy, all for the love of you.
It won't be a stylish marriage.
I can't afford a carriage.
But you'll look sweet upon the seat, of a bicycle built for two.

他還讓阿菊坐在他的自行車後面，他們一面在附近兜風一面唱這首歌，兩人心裏都是甜甜的。

好景不常，阿菊跟隨父母移民了，答應安頓下來之後，會把地址寄給阿森。不幸的是阿森的家被一場大火燒毀。阿森搬了家，竟不曾收過阿菊的信。

阿森讀完中學和大學之後，進修電腦碩士課程，在同學們搞的畢業聯歡派對上，有人彈結他，大家跟着唱，正是那首

《Daisy, Daisy》。阿森心裏一陣痛，一雙憂鬱的大眼睛好像正看着他，而且比前更憂鬱了。

幾間大公司爭着聘請阿森為他們的電腦部服務，阿森卻以自雇移民的身分去了加拿大的溫哥華，他知道阿菊是跟隨父母到這個城市來的。他在報上登過尋人啟事，但沒有任何回應。

除了在一間公司做電腦部副主任之外，他找到了一份兼職，每逢週末開着雪糕車到大小街道賣雪糕。

他發現雪糕車播出的音樂中也有這首《Daisy, Daisy》，很是歡喜。他做了一點手腳，讓雪糕車「一曲走天涯」，別的歌全不播，翻來復去只播《Daisy, Daisy》。

可是阿菊始終沒有出現。直至有一天，一個四、五歲的中國小女孩伸出小手付錢買雪糕，手腕上有一隻銀鐲，使阿森心裏一震。他記得阿菊手上也有這樣一隻。再看，女孩臉上又是一雙憂鬱的大眼睛。

「你叫什麼名字？」阿森試問，小女孩茫然。

阿森改用英語發問，稚氣的聲音答道：「Daisy。」

阿森的心一陣狂跳。

「你媽媽在哪裏？」

小女孩轉身用小手一指，卻是一個西方少婦。這時她走了過來。「你是 Daisy 的母親？」

「對。她的中國母親兩年前去世了，她父親再婚。」

……

那西婦看到這個賣雪糕的中國男子呆呆地回到司機座位上，神情痛苦地俯伏在駕駛盤上。

「你沒事吧？」西婦關心地問。

司機搖搖頭，慢慢啟動了雪糕車——《Daisy, Daisy》的音樂逐漸遠去。

湖上奇景

鍾冰從內地來香港四年了，適應得很快：廣東話會說了，雖然帶有鄉音；英文趕上去了，這是補習老師的功勞；也認識了許多新朋友。

認識了新朋友不等於不要舊朋友，何況鍾冰是個重情義的人。她一直跟幾位舊日同班好友通信，在她剛到香港最苦悶的時候，這些好友給她許多安慰和支持。

好友中惟一的男孩子是莊勇。他們從小學五年級起便是同學，然後升讀同一間中學。中二那年，他當選男班長，她也選上了女班長；兩人不但有許多合作的機會，也很談得來。可是中二還沒有讀完，鍾冰便跟隨母親到香港和父親團聚了。

距離增加了互相間的思念，兩人的信愈來愈頻密，到鍾冰中學會考那年，莊勇忽然來了一封很不平常的信。他說他早已愛上鍾冰了，一直不敢說，可是終於忍不住了。

鍾冰看信的時候心兒撲撲地跳，她看了一遍又一遍，臉兒也紅了一遍又一遍。「我愛他嗎？」她不敢肯定。「我該怎麼回覆他？」她不知道。

她把信夾在一本英文字典裏。這天她心神恍惚，書讀不進腦，夜裏睡不着覺。不知道是發生了一件好事還是惹來了一場麻煩。

第二天放學後，她進房把那封信拿出來又看了兩遍，這時媽卻敲門進來了。鍾冰隨手把信藏進抽屜，知道自己臉上有不自然的神色，卻又遮掩不來。

媽坐在鍾冰牀邊開始講話，她說得心平氣和，大意是：

她想查一個英文生字，拿了鍾冰的英文字典，無意中看到莊勇給她的信。莊勇是個好孩子，可是他們年紀都還小，未懂得選擇對象。鍾冰今年要會考，談戀愛會分心，影響成績。即使真的相愛了，莊勇很難申請來香港；他們也不想鍾冰回內地，他們只有她一個女兒……

鍾冰找不到理由反駁媽媽的話，她寫了一封拒絕的信給莊勇。為了怕莊勇的心不息，她把信故意寫得冷淡。

幾個月後莊勇才來信，他說收到鍾冰的信起初很痛苦，現在已經好多了。他說他父親因工作調動要到另一個省份去，他也會跟隨前往。從此他不寫信打擾她了。

鍾冰收信後哭了一場，幸而會考分了她的心。她故意加倍努力，讀書也格外專注，不讓自己去想莊勇。

會考之後，媽媽為了獎勵她的用功，特地帶她到華東去玩，行程包括杭州、蘇州、無錫、鎮江、揚州、南京……觀光遊玩的項目豐富極了。遊無錫那天，她們參觀了泥人廠，遊了黿頭渚，然後坐汽船遊太湖。想不到太湖是這麼大，跟她們在香港看到的海沒有什麼分別。

這天天氣很好，湖上的風輕輕吹着，水波遼闊，使人忘記了一切的煩憂。忽然有人在喊：

「看，這是什麼？」

大家隨着他的目光望去，水面不遠處的上空，漸漸顯現出一幅城市面貌，就像黑房裏放大照片那樣，影像愈來愈清楚了。

「海市蜃樓！」船長說。他停了船的馬達，讓船輕輕滑行，怕驚動了這眼前奇景。「二十年來，我這是第二次看到。」他補充說。

鍾冰上物理課時聽老師說過海市蜃樓的現象，那是因為光線的折射，把遠處的景色呈現在眼前。

眼前是一條海旁大街，一邊開了許多店舖，馬路上有汽車，有手推車，但更多的是腳踏車。好像是一幅巨大的電影畫面，但只有影像沒有聲音。大家看得呆了，誰也不敢講話，好像一講話就會把這奇景嚇跑似的。

這時影像中出現了一個騎腳踏車的年輕人。他從一條直街俯衝下來，愈走愈近，然後一轉彎進入了大街的車流，身手敏捷，轉彎那一下漂亮極了。

「莊勇！」鍾冰低低地呼叫。

媽媽轉臉看她，見女兒臉也白了。

「我看到他了，是他！」鍾冰喃喃地說。

影像開始模糊消逝，船繼續航行，馬達聲中眾人議論紛紛。

母親見鍾冰坐在一角抹眼淚。她不相信那年輕人真的是莊勇，但知道女兒心中的莊勇不會消逝。

別罵我膽子小

阿濃：

我今年十五歲，長得不漂亮，成績也不太好，又不懂得討人歡喜。因此在家裏是爸媽最忽略的一個，在學校裏是老師最記不得名字的一個，而同學們有什麼活動也往往忘記叫我參加。

這一點我自己了解得很清楚，因為我有太多這類沒趣的經驗。

家中每個孩子的生日爸媽都記得，會買蛋糕，會有禮物，而至少有四次——除了我未懂人事的幼年時代——他們是若無其事地讓它過去了。我也不抗議，只是晚上臨睡時自己在枕上淌眼淚。

學校露營或旅行，有時會進行分組遊戲，由指定或選出來的組長猜包、剪、錘來揀人。這時候我便很緊張，因為我總是最後才被揀中的人 —— 其實我是最後一個，已經揀無可揀。

像我這樣一個不受歡迎的人，偏偏喜歡了一個許多人喜歡的男孩。

他的眼睛真的很迷人，當他看你的時候，有一種如霧如夢的感覺。你看不透，但很想去探索那眼睛後面的祕密。

他唱起歌來很好聽，嗓子天生的好，又充滿感情，聽得你的心也像要被他融化了。

他的運動不是最好，但他游泳時那種瀟灑自在簡直就像一條魚。

他曾經跟我同班，許多女同學都喜歡他，我也不例外。

他倒是一視同仁，沒有對誰特別好，也沒有對誰特別壞。我感謝他的公平。有一次選人分組玩遊戲，他做組長，兩三次之後他就選了我做他的組員，這是我少有的幸運，我打從心底裏感謝他。

可是他中四那年離開我們學校了。當他不在時我才知道自己是多麼的喜歡他、想念他。

我不止一次打電話給他，但我不敢說話，我不知道自己有什麼好說的，所有的藉口都會顯得很笨拙。我聽到他在那邊：「喂，喂，喂！」然後無奈地說：「『冇聲嘅』！」語調很平靜，並沒有生氣。就是這樣，我已經很滿足。

我從點名冊上抄下了他的生日和地址，我寄了生日卡給他，但沒有寫上我的名字。我要讓他去猜，希望他以為是一個很可愛很可愛的女孩送給他的。

你別罵我膽子太小，事實上我的確如此。我不向他表白我自己，是因為我知道表白的結果。

阿濃，我想我無法永遠這樣隱藏下去。我已經下定了決心，我要在十八歲生日那天打電話給他，告訴他我愛他。我知道那一天我會失戀，真真正正、明明白白地失戀。但是從這天起我是一個成年的女子了，我相信我承受得起。我希望在我接受現實之後，開始我生命的另一階段。

阿濃，你會不會覺得我的想法很稀奇古怪？

敏敏 上

「你怎麼知道的？」

他今年十六歲，家住新界某村落，因為車路還沒有伸展到村裏來，他每天得騎半小時腳踏車到市鎮上的中學上課。

騎腳踏車上學，既省錢又可以運動，加上沿路常有花農耕作的田園，那花的香、花的色，都使他感覺愉快，忍不住輕輕哼起歌兒來。

不知從哪一天開始，他發現鄰村有一個女同學像他一樣，也是騎腳踏車上學。因為不同級，也因為大家都有點害羞，一直沒有打招呼。直至有一次他見那女同學的腳踏車脱鍊了，蹲在路旁修理，他下車幫忙，才有第一次的交談，從此成了朋友。

朋友有許多種，點點頭、笑一笑是一種；互相問功課、借文具是一種；單獨約會吃東西、看電影是一種；異性朋友而能夠手拖手那就不是普通的一種了。

他今天第一次拖了她的手，她稍為掙扎了那麼一下，便由得他握住了，跟着低下頭，連耳根也紅了。

他們分手之後，他心裏是如此喜悅，直覺整個世界都好像不同了。他忽然記起了一首聖誕歌曲中的一句：「諸天萬物歌唱」，是的，如今整個世界都好像在為他的幸福歌唱。可是，這卻又只屬於他們兩人的一個甜蜜的祕密，他要牢牢地保守着。

他把腳踏車放在村前小商店旁的老榕樹下，走進店裏要了一瓶汽水。

「老闆娘，今天好漂亮唷！」

老闆娘新燙了頭髮，準備過幾天嫁女做岳母大人。

「小夥子，嘴真乖！我看你今天特別開心，是不是跟女朋友拍拖回來？」

「老闆娘真厲害，一看就看出來了。」他想，但嘴裏說：「可惜你女兒就出嫁了，我到哪裏去找女朋友！」

離開了小商店，騎車經過何伯家門口，見他正把幾隻母雞往窩裏趕。母雞大概見天色還早，不肯進窩，鑽過來又鑽過去。他放下腳踏車走進園子，跟何伯打個招呼，三下五除二地便把所有的雞趕進窩裏。

何伯也不謝他，說鄉下有親戚來探望他，送他一盒炒米餅，很好吃，要他進屋試試。

他一面吃炒米餅一面看牆上變黃了的黑白照片。

「何伯，你結婚的時候多大？」

「我們那時候比較早婚，才二十出頭呢！」

「是不是要父母之命，媒妁之言的？」

「傻瓜，你以為是粵語長片麼？我們那時候已經自由戀愛啦！我認識她那年才十六歲，她比我小一歲。」

「那不是跟我一樣 —— 年紀！」

「噢，你也有女朋友啦！」

「這炒米餅的確好吃。」他怪自己説漏了嘴。

「要不要拿幾塊請女朋友試試？」

「何伯，你為老不尊啊，開我的玩笑！」他説時心裏甜絲絲的。

回到家裏，媽正在炒菜，屋裏瀰漫着誘人的香味。她瞧他一眼説：「到哪兒去啦？現在才回來！」他沒有回答，從媽背後攬住她的腰説：「媽，你是天下第一名廚！」

「喂，今天什麼事這麼開心，這樣賣力『擦媽媽的鞋』，認識女朋友啦！」

他真想問：「你怎麼知道的？」

他不知道有一種光輝閃耀在他臉上，那是所有過來人一看便知的。

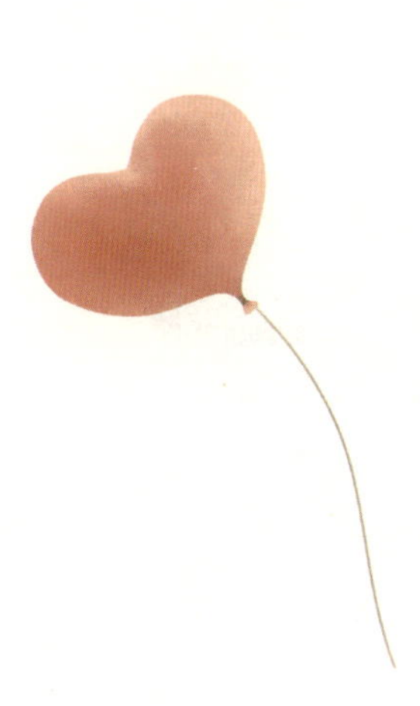

鬱金香的約會

美國西北部有一個小城，每年一到四月便十分熱鬧，遊客從四面八方前來，欣賞城郊盛放的鬱金香花田。而城裏也舉辦鬱金香節，有歌舞，有巡遊，有土產展覽，以吸引遊客。

沒有參觀過鬱金香田的，很難使他明白那種壯觀和艷麗。鬱金香花朵的形狀基本上像一盞盞的小杯，可是顏色千變萬化，不論是紅也好，黃也好，紫也好，各有數十百種的差異。拿紅來説，有深得接近黑色，有淺得像少女臉上一抹紅暈，有亮得如同火燒，有艷得更勝玫瑰。它們不是像一般花展那樣一堆堆、一叢叢供人欣賞，而是數十畝地的一大片花海，使你不由得呆站在那裏驚歎。

在花田的一角，有一個莊園，門前有牌子寫明是私人地方，但遊客仍可以看到裏面種着形態最精選和顏色最美麗的鬱金香。

莊園裏住着一對恩愛的夫婦，關於他們，流傳着一個故事。

那男的叫約翰，女的叫瑪麗，他們曾經是一對戀人。那時候兩人都很窮，男的幫人家剪草，女的是一間醫院的清潔女工。

像許多戀愛中的男女一樣，他們有時很要好，有時卻爭吵得很厲害。尤其在他們的生活出現困境、心情不好時，大家一見面便互相發脾氣。

那年瑪麗二十歲生日，她收到不少禮物，有糖果、毛毛熊，也有玫瑰，偏偏約翰因為母親病了，忘記了瑪麗的生日。

從此瑪麗對約翰逐漸疏遠，終於嫁給另外一個男子。

傷心的約翰離開了這個城市，許多年沒有他的消息。

瑪麗婚後的生活並不愉快，三年後她跟丈夫離婚，回去舊居跟年老的爸爸在一起。

有一天她忽然收到約翰的來信，邀請她去那個小城看花。他說他如今已是一名花農，請她去看看他的成績。

瑪麗應約前往，見約翰如今長得結結實實，皮膚曬得紅紅黑黑，更成熟、更像個男人了。約翰說一直都記掛着她，並且從友人那裏知道她的近況。

當瑪麗盛讚那些盛開的鬱金香時，約翰說到空中去看會更加壯觀。

第二天清晨，當陽光灑滿了鬱金香花田，約翰邀請瑪麗坐上農莊的小型飛機。

飛機在花田上空低飛，瑪麗清楚地看到那田裏有一行字，由艷紅的花朵組成：I ♥ MARY，那代表「愛」的紅心，尤其紅得耀眼。

「祝你生日快樂！」約翰說。

這次是瑪麗忘記了自己的生日。

後來……後來不用我說了，他們成為這個農莊的男主人和女主人。

車站外的心情

那是許多年前的事了，我剛從師範畢業，每天坐火車往新界一間小學教書。下午乘火車回家之前，會在附近的墟市買點菜回家，因為新界的菜又新鮮又便宜。

墟市邊緣常有一個年輕女子帶着不多的農產品等待顧客，有時是幾個木瓜，有時是龍眼或黃皮，有時是香味又清卻又濃烈的薑花，或許是幾束劍蘭，看來都是自家園裏種的。

這女子看上去十八九歲，像所有新界人一樣皮膚黑黑，卻有一雙水靈靈的眸子，帶黃的頭髮鬆鬆地結了一條大辮子。從來不曾聽見她說話，卻常對人笑，笑起來一排雪白的很整齊的牙齒。後來我知道，原來她又聾又啞。

她的木瓜很甜，龍眼核小肉爽，黃皮卻分酸甜兩種。媽說木瓜是樹上熟，龍眼正石岐種，黃皮甜得來清、酸得來夠刺激。既然媽媽樣樣欣賞，我便成為她的常客。

有時她沒有出來擺攤子，我便茫然若失。如果一連兩天不見她，我便有點擔心。幸而她出現的日子要比不出現的日子多。

除了買東西，我也會打手勢跟她交談。她看着我的嘴，似乎從我嘴唇的動作可以猜到我說什麼。

她已經認識我這個熟客，常常少算我的錢，我卻硬要多付，不要她找錢。她拗不過我，便硬送我一束薑花或龍眼什麼的。

她的手碰到我的手，使我心裏有一種說不出的感覺，這種感覺一直陪伴我上火車，使我癡癡的有幾次忘了下車。

直到有一天，記得那天太陽不錯，氣溫卻忽然下降，我遠遠便見到她在風中瑟縮着。

「天氣冷，早點回家嘛！」我學她瑟縮的樣子，又打了個回家的手勢。

她兩手緊抱胸前，好像這樣可以暖和些，同時對我搖頭。

我看看她攤放在地上的貨，原來已不多了，便說：

「這些我都要了，一共多少錢？」

她的頭搖得更厲害。

我沒有辦法，只得比平常多要了點瓜果，臨走對她說：「記得，早點回家，愈遲天氣愈冷！」

她對我笑笑點頭。

跟着我到墟市買了豆腐、粉絲、牛肉丸子和好幾棵菜，準備晚上「打邊爐」。

當我往回走將近她的攤檔時，見一個小夥子正在跟她買東西。我的感覺告訴我，她忽然變得跟平常不同。她的眉梢眼角、她的笑容、她的姿態，在在都告訴我：她喜歡面前這個男子。她比平時更美麗，也更動人。

我站到另一個人多的攤檔旁邊，繼續往他們那兒望。見她俯身從一個用舊報紙蓋着的紙箱裏，捧出一個大木瓜來。這個木瓜顯然比她擺放出來的其他木瓜都要好。

那男子買了木瓜匆匆地走了，她目送他走進了火車站。跟着她便收拾東西，準備回家了。

我明白了剛才為什麼她不肯把東西都賣給我，因為她在等一個人。

我垂頭喪氣地上了火車，並且又一次過了站才想起要下車。

誰也不及家人親

最寶貴卻最易忽略的一份情。

我有一位要好的朋友叫倫文標，他是一位出色的旅行家，足跡遍地球各地。他曾經騎單車橫越美國；非洲五十多個國家，他只有兩個未到。他並不富有，靠打工積聚旅費，途中過的是流浪生涯，旅費用光了就做些臨時工，賺夠旅費又去下一站。我總覺得他該是停下來的時候了，因為他的母親年紀已不小，他應該多陪陪她。於是我寫了〈旅行家的眼睛〉，故事中的母親視力不好，但她看到兒子看不到的許多東西。親情就是這樣，它是生活中最寶貴的東西，偏偏為許多人忽略。這一章的幾個故事，都是要提醒年輕人，你們看似平凡的爸媽，卻能給你們最情深義重的愛。

阿當和阿德

第二次世界大戰的時候，倫敦受到德軍猛烈的轟炸，居民每天在警報聲、爆炸聲中過着恐懼的日子。

在一次爆炸中，五歲的阿當和七歲的哥哥阿德躲在樓梯底下逃過了大難；可是他們的父母、他們溫暖的家都從此失去了。

為了他們的安全，也為了他們可以過較好的生活，政府把大批戰爭孤兒送往加拿大撫養，阿當和阿德是其中兩個。

他們被送往一間可容納二百個孩子的孤兒院，孩子分住在十個大房間裏，每個房間有一個「媽媽」照料。阿當和阿德分配在同一個房間裏。

這裏雖然沒有轟炸的威脅，生活卻是單調沉悶。一個「媽媽」要照顧二十個孩子，夠她忙的。孩子們記憶中美好的一切，只剩下記憶罷了。沒有睡前的故事和親吻，沒有生日蛋糕和蠟燭，沒有假日公園草地上的野餐，沒有喧嘩熱鬧的馬戲表演。

孤兒院偶然也會安排一些集體活動：到電影院去看一場卡通電影，到農場去參觀南瓜節，這都會帶給大家好幾天的興奮。當他們在外面看到人家父母子女在一起，過着快快樂樂的家庭生活時，心底便有無限的羨慕。

他們渴望自己能被某個家庭領養，從此也有一個爸爸、一個媽媽和一個真正的家。

每個月都有那麼一兩次，總是星期天的早上，孩子們被吩咐打扮得整整齊齊的，立正站在自己牀前，眼睛向前望，等待一些想領養孩子的「候任」父母，前來選擇他們的所愛。除了被人詢問，孩子們不許隨便説話，可是他們都用渴望的眼神望向這些客人，心裏祈求着：「帶我走吧，求求你帶我走吧！」

兩年來，阿當和阿德每次都很失望。有一次，阿當被初步選上了，可惜人家經過考慮，還是沒有選上他。當他從面談的小房間裏走出來，而人家留下另外一個時，他的眼淚忍不住嘩嘩地流下來。他伏在自己的牀上，努力不讓自己哭出聲來，肩膊卻抽搐得很厲害。

「阿當不要哭，說不定下次便輪到你呢。乖，不要哭！」一隻小手在拍他的背，這是哥哥阿德。

想不到下一次阿當和阿德竟同時被一對夫婦選中，他們被帶到那個小房間裏一同談話。這對夫婦想領養一個男孩，要在他們兩人中選一個。

這對夫婦很和善，大家談得很愉快。最後，作決定的時候到了，夫婦倆走到一角交換意見，似乎很有點為難。

阿德忽然走過去對他們說：

「這位先生和太太，你們不用再討論了，我希望你們收容我的弟弟阿當。他年紀小，比我更需要你們的照料。」

說完也不等對方回答，便自己開門走出去了。

旅行家的眼睛

媽媽在燒晚飯，芽菜、豆腐、淡菜湯的香味在屋子裏瀰漫，她正在煎魚，油鍋歡快地爆響着。

「阿森，幫我拿瓶酒來——左邊木櫃的第二格。」

阿森依指示順利地找到那瓶三蒸，打開蓋子交到她手裏。

媽媽的眼睛愈來愈差了，看東西只依稀見到個影子。她已很少上街，買菜、買米、添置油鹽醬醋都由鄰居代勞。不過她似乎很懂得照顧自己，所有東西都放在固定的地方，不用找尋，一拿便拿到。

阿森是本地有名的旅行家，南極、北極、西藏、非洲、撒哈拉沙漠、巴西雨林……他都到過。他幫世界著名的旅遊雜誌撰稿，在電台、電視講述旅遊見聞，出版了十多種旅遊書籍，多次舉辦旅遊攝影展。大家都說他不但到的地方多，並且有一對敏銳的眼睛，能捕捉到大自然的奧祕和不同人類社羣的特色。

他每次遠行回來，會住一個短時期，整理資料，開演講會，辦攝影展，然後準備下一次的旅行。說是陪媽媽，其實早出晚歸，很少在家。本來媽媽有他的妹妹照料，但妹妹結婚之後，便只剩下媽一人住在新界的祖屋裏。妹妹大概一個月會回來一兩次，看她有什麼需要。幸而媽除了視力愈來愈差之外，身體還算健康。

魚煎好了，阿森幫着開飯。

「飯勺在碗盆裏，醋在左邊木櫃第三格（她知道阿森吃魚時喜歡蘸醋）。喝不喝酒？有半瓶白蘭地在第一格，旁邊有酒杯。」

「媽，我明天不出去，家裏有什麼要修理的？」阿森一面喝酒、吃魚一面問。

「廁所氣窗的玻璃破了，下雨天有水灑進來；大門外的燈泡燒了，要換個新的——鐵櫃抽屜裏有；洗手盆漏了，現在暫時用膠桶接着……」

「她看不見，可是什麼都知道；我回來幾天了，卻什麼都看不見。」阿森搖搖頭，表示對自己的不滿。

「今年的龍眼特別甜，阿妹上星期來摘了十幾斤回去請朋友吃。我叫她留下一掛等你回來吃，一會兒你去摘下來。木瓜樹上有三個木瓜，一個已經熟了，明天你快摘下來吃了，太熟了會爛。」

「我在外面四處走，回來之後卻連自家園子都沒有進過。」阿森又對自己搖頭了。

「村口張婆的風濕愈來愈厲害，走也走不動，整天睡在牀上，有時間去看看她，看有什麼可以幫忙的。陳伯的兒子從美國有信回來，找不到人替他寫回信，看你可不可以幫幫他。」

「好，我明天就去看他們。」阿森滿口答應。

「媽自己行動也不便，還關心村裏其他的人。我卻連自己的母親也沒有好好照料。」阿森再一次搖頭。

「這次你又幾時出發？我託人買了幾瓶正骨水、雲南白藥、跌打油給你傍身。我又織了一件羊毛背心給你，『茄士咩』的，穿在身上一定很暖……」

「媽，你眼睛不好，還織背心給我……」

「織毛衣不用眼睛也可以，反正坐着沒事做；電視看不見，只好聽聽聲音，一面聽、一面織，時間過得快。只是有時一天說不上一句話，嘴也悶臭了。」

「媽，我以後會多陪你講話。」阿森的聲音有點沙。

「你到電台、電視講也一樣，我到時一樣聽得見。」

這時媽開始收拾碗筷，準備拿去洗。

阿森硬要她把碗放下，拉她到沙發上坐下說：

「碗要留給我洗。」

他斟了杯茶放在媽面前的几上，也為自己斟了一杯。他坐在媽的身旁，用手臂環抱着媽瘦骨稜稜的肩膀說：

「媽，我現在就陪你講話，我要講你最喜歡聽的。我，這次不再出外旅行了，外面的東西我已經看夠了。從今以後，我要多看看本地，看港九新界，看我們這條村，看我自家的園子、自己的家，看我的好媽媽……」

說着說着，他忽然伏在媽的肩上哭了。

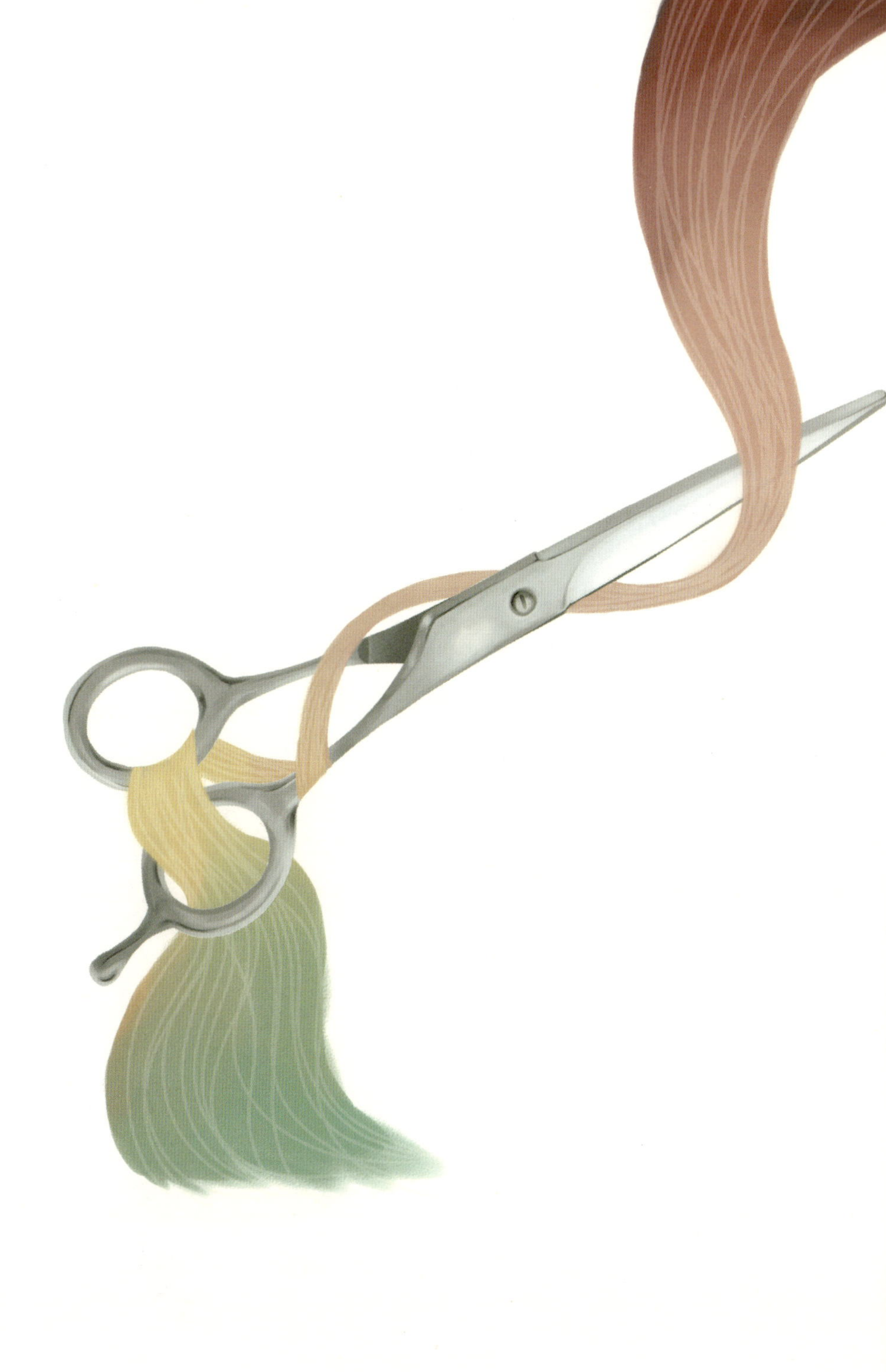

記起那次剪髮

那是好幾年前的事了。

媽買了一把電動理髮剪回來，目的當然是省錢，因為一家五口每月的理髮開支是個不小的數目。

媽本來第一個拿爸爸做試驗品，爺爺説：「還是先替我剪吧。」爸要上班，爺爺不用上班，剪得不好對爸來説後果比較嚴重。這個道理大家心裏都明白，於是爺爺乖乖地圍上一塊理髮專用的很滑溜的布，微笑着坐在那裏等媽媽替他剪。

媽是有名的巧手，做什麼都是一學便會。爺爺的頭看起來剪得還不錯。爺爺是個識趣的人，對着媽媽拿給他的鏡子一味誇獎説：「好，比店裏剪的還好！」

第二個讓媽媽剪的是爸爸，有了一次經驗，爸的頭剪得線條更自然。

第三個輪到我了，我有點擔心。我說：

「媽，你小心啊！過幾天我要參加朗誦比賽，你可別失手啊！」

或許就是這句話使媽有點緊張，在修剪髮腳時手一滑，把耳後髮腳鏟掉了一塊。

媽驚呼了一聲，我連忙拿起鏡子來照，隨即哇里哇啦地大哭起來。

我罵媽媽為了省這幾塊錢，弄得我不敢見人。我說我要退出朗誦比賽了，我的頭這麼難看，怎能上台！

媽默默地收拾一切，掃掉地上的頭髮，一句話也沒有為自己辯護。

爺爺說：「只不過是後面一小塊，沒有人會看見。」

爸爸說：「頭髮長得快，過兩天便看不出來了。」

可是我還是在那裏哭，哭了很久，很久。

後來我到英國去讀書，初次離家，很孤獨，很想念家人。

一個星期天，宿舍裏幾個來自不同地方的女生聚在一起，寫信的寫信，做功課的做功課。一個新加坡來的女生拿出她的理髮工具說：

「誰想剪髮？我先幫她剪，然後她替我剪。」

我正想剪髮，便表示願意，不過聲明我的技術不大好。

我坐在靠窗的椅上，她為我圍上一塊滑溜溜的布，電動髮剪發出滋滋的聲音，我的頭髮從圍布滑落到地上，地上預先鋪了舊報紙。我忽然想起了母親，想起幾年前她為我剪髮的情形，想起自那次之後她再沒有說要為我剪髮。我的眼淚隨着那些碎髮滑落到那塊布上，留下了幾點濕潤的印記。

我在英國完成了大學課程，回到了香港的家，爸媽明顯地老了，爺爺更永遠地離開了我們。我喝到了我最喜歡的老火湯，我的牀單和枕頭都散發着清新的「潔味」。

我到家的第二天也是個星期天，陽光明亮。吃早餐時媽說：「頭髮長了，今天你去理個髮。」

早餐後，我端了一張椅子到窗前坐下說：

「媽，你可不可以替我剪個髮？」

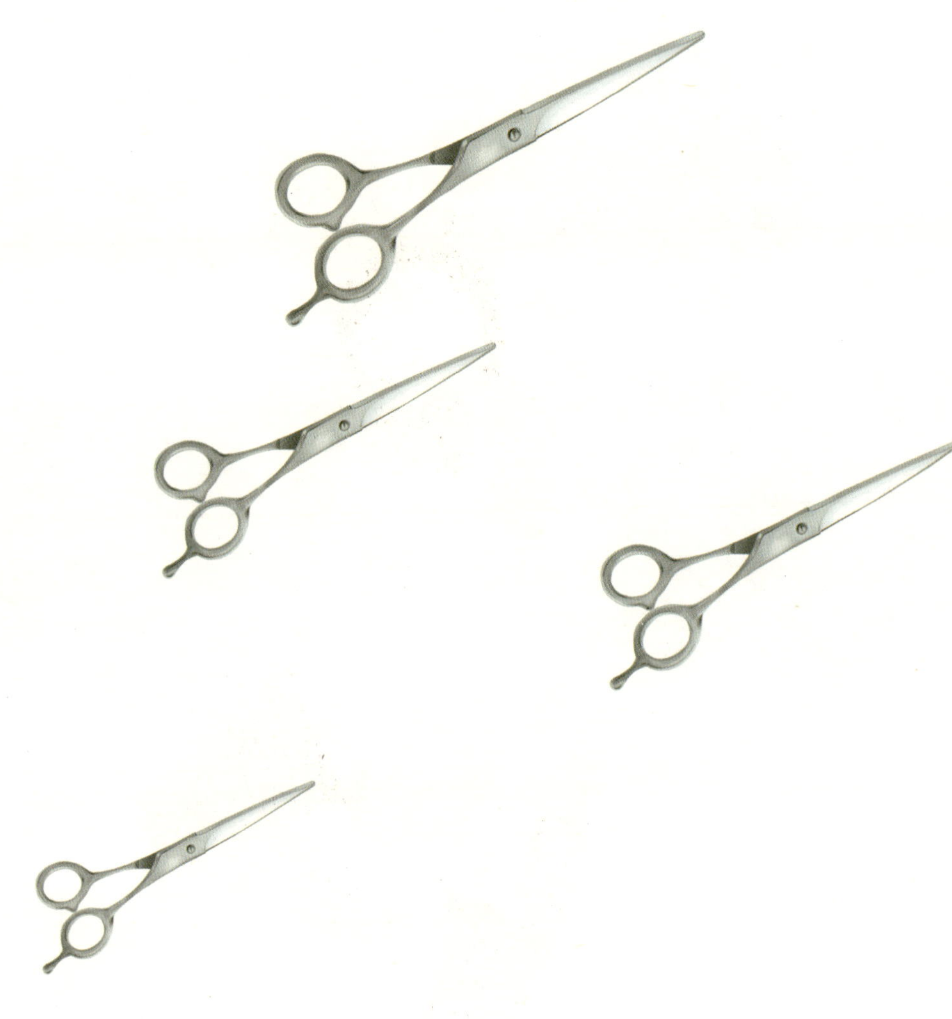

阿媽很「師奶」

阿媽真的很「師奶」，她「師奶」不是因為她嫁了人。像林青霞、鞏俐不都已經嫁人了嗎，誰會覺得她們「師奶」呢？

「師奶」是很小的事、很少的錢也計較。阿媽在街市買了一打橙回來，發現其中一隻是爛的，她要我拿去換，她說是街口第一檔那個「肥佬」賣給她的。這樣「瘀」的事我當然不肯做，我寧願棄權少吃一個，也不想跑兩個街口、上五層樓梯，還要花一番唇舌去換一個橙回來。可是一會兒後，我們不見了她，不說你也知道她到哪裏去了。

她買什麼都要講價，滿臉堆笑很討好的樣子，又說是多年的老主顧，又說認識人家的老闆。如果人家還是不減，她又向人家要贈品。買鞋要人家送鞋油、鞋帶，買手袋要人家送鏡子，到中藥店買藥要人家多送一包嘉應子。

「師奶」是穿衣服沒品味，款式和顏色都亂七八糟。更糟的是最流行的時候她們不穿，到大家看厭了，不時興了，她們卻跟上來了。理由只有一個：價平。真不想同學和老師見到我阿媽。家長日我寧願阿爸去，男人的服裝變化不大，阿爸不會太失禮。

直到我家發生了一件大事，我對阿媽的看法才有了改變。

姊姊的腎臟突然出現了嚴重的問題，而且是兩邊一齊損壞。在兩個星期裏面她的樣子已變得很厲害，浮腫的臉沒有一絲血色。我們每次去看她，她都緊緊抓着我們的手，哭着說她不想死。

醫生說：到了這個地步，除了換腎已經沒有別的辦法。我聽說過如果近親肯捐腎給她，手術成功的機會比較大。為了救姊姊，我是願意捐一個腎給她的。不過我很害怕，怕接受手術，何況還是這樣大的一個手術。我又擔心麻醉之後醒不回來，從此變了植物人。

我對自己說：為了救姊姊，我一定要勇敢。當醫生問我的時候，我要毫不遲疑地說聲「我願意」。可是我每晚都做噩夢，夢見自己在動手術的時候死了，一身冷汗地從夢中醒來，心兒怦怦地跳。

可是醫生一直沒有問我。

終於我知道，媽媽已經答應了捐腎給姊姊。

入院的前一天，她像平常一樣做飯給我們吃，還為姊姊準備了特別的湯水。

她吩咐阿爸去買菜，詳細地告訴他哪一檔斤兩足，哪一檔最便宜。

手術很成功，醫生的臉上滿是笑容。

兩個星期後阿媽出院了，姊姊還要再護理一個時期，不過她的樣子好看多了。

我們召計程車接阿媽回家，途中我一直在盤算回到家裏之後，要怎樣地親她、愛她，說她是世上最偉大的母親。

計程車來到我家附近的街口碰上塞車，阿媽說：「我們就在這裏下車吧，不然『咪錶』又要跳了。」

阿碧的嘴唇

阿碧對自己的嘴形很不滿意，因為上下嘴唇都很厚，比一般女孩子起碼厚雙倍。因此她時常抿着嘴，希望把它們收藏起來。可是有時她也會忘記這樣做，例如她不高興的時候，便會像所有女孩子一樣嘟着嘴，結果那嘴唇看上去更厚了。

對於這個特徵，同學們一樣清楚，不然就不會叫她「麥小姐」了。那是因為大家熟悉的漫畫人物，一個叫麥嘜，一個叫麥兜，都有厚厚的嘴唇，因為他們是兩隻小豬。

有一次學校舉辦宿營，大家玩集體遊戲，遊戲之一叫「世界之最」，分組比賽，選出最高、最矮、最輕、最重，頭髮最長、眼睛最……的組員。到「嘴唇最厚」的項目時，阿碧全無敵「嘴」地勝出，可是她一點也不開心，甚至因此把嘴唇嘟得更厲害。

阿碧因此對媽媽有很大的不滿，因為媽媽也有這樣的一副嘴唇。阿碧分明是得自她的遺傳。爸爸的嘴就不是這樣子，至少比媽媽好看，可惜他傳給阿碧的卻是兩道濃眉。

既然不滿，阿碧對媽媽的態度也就比較差，經常發她的脾氣，又怪她做的菜不好吃，燙的衫不貼服，說的話不得體，買的衣服老套。或許她媽媽聽慣了，也不怎樣的生氣，反而是旁人見了，覺得阿碧未免過分。

那是一個下雨天，阿碧趕着上學，媽媽弄的麥片她嫌燙：「熱呼呼，怎麼吃！」拿起書包就想走。

「怎可以不吃早餐！」媽媽說。她隨即嘟起了嘴向那碗麥片吹氣，想把它吹涼。

阿碧見到媽媽的厚嘴唇已經覺得厭惡，又怕她的唾沫落到麥片裏，便賭氣地說：

「請你不要這樣煩好不好！」

一面說一面匆匆出門。

走出大廈電梯來到門口，才發現雨下得很大。她懶得回去拿傘，站了一會兒便衝進雨裏跑到對面搭公共汽車。

「阿碧！阿碧！」喊她的是媽，她手上拿着一把傘，正追過來。

阿碧正想轉身把傘接過來，媽不知被什麼絆倒，向前直撲下去，手上還緊緊拿着那把沒有打開的傘。

阿碧趕忙把媽從地上扶起，但見她擦傷了嘴唇，立時又紅又腫，血水混着泥漿。

「媽，你沒事吧？」阿碧驚怕地問。

「沒事，沒事！」媽含糊地說。

「我扶你回去搽藥。」阿碧含着淚說。

「不用，不用，你會遲到的。」

媽把傘塞給阿碧，這時剛好公共汽車到站。阿碧上車時回頭看媽，她正咧着紅腫的厚嘴巴向她微笑揮手。阿碧的眼淚忍不住了。

一碗餛飩

這間餛飩麵店開張不到一個月便做出名堂來。幾個最挑剔的「食家」在報紙上的推介，使這間小店幾乎忙不過來。

有一件事是「食家」們不知道，卻在顧客間流傳的。事情往往是這樣：要是女士帶同年老的母親來吃麵，結帳的時候，母親吃的那碗不算錢。夥計的説法是：「這是老闆的吩咐。」

顧客還發現：如果是男士帶母親來，卻沒有這樣的優待。

好奇的顧客也曾向夥計打聽，可是他們總是抱歉地説：「我們也不清楚。」

故事要從好幾年前説起，有一個女孩往外國讀書，只到了暑假和聖誕假期，才回來看媽媽。

媽媽本來不會燒飯做菜，因為家裏有一個老工人五姐負責一切。後來五姐年老退休，回鄉間去了，家裏沒有再雇傭人，由媽媽湊合着做。爸爸的應酬多，很少在家吃飯。這個女孩覺得媽媽做的菜很難吃，一坐上飯桌，不是減飯便是開罐頭。

後來女孩發覺媽媽的烹飪技巧有了少許進步，原來媽媽到烹飪學校上課，還記了很詳細的筆記。

在她回來度假那段日子，媽媽一早便在廚房準備。可是她不是臨時被同學約了上街，便是匆匆忙忙吃一點又趕着外出。

「怎麼樣，好吃嗎？」媽一臉期待的神色。

「媽，你別麻煩為我做什麼菜，我在外面隨便慣了，一塊 pizza 便是一餐。」她沒有回答媽的問題。

「就因為你在外面沒有好東西吃，我想你在家裏吃得好一點。」媽說。

她嘴裏不說，心裏卻在想：

「謝謝了！一個沒有烹飪天分的人，做什麼也不會好吃！」

記得那年暑假在家的最後一天，媽媽做了好幾個菜算是為她餞行。剛拿起筷子，電話響了。一班舊同學臨時約她唱卡拉OK，要她趕快出來。

她匆匆地扒着飯。媽在一旁自己不吃，一箸一箸地把菜夾進她碗裏。

「試試這個嘛！

「老是趕、趕、趕，媽做菜，弄了一整天，你知不知道？

「想跟你好好吃一頓飯也這麼難！」

她覺得媽很囉唆，忽然生起氣來：

「你知不知道你做的菜很難吃！」

話一出口她便後悔，可是已經來不及了。媽一下子呆在那裏，把夾到一半的菜放下，一聲不響地走回自己的房間。

她跟進去，媽坐在牀邊抹眼淚。她緊緊地抱着媽說：「對不起，媽，對不起！」

深深的歉意跟隨着她，思前想後，她想到一個補償的辦法，便是做點好吃的東西給媽吃。

聽說香港最有名的餛飩麪師傅移民到了她讀書的城市，而且開了一家小店。她前去應徵做兼職侍應。她的勤勞和乖巧，很快贏得老師傅的歡心，認了她做乾女兒。當然也把做餛飩麪的技巧完完全全地傳授了她。

畢業後她回到母親身邊，一碗特製的餛飩麪吃得媽媽眉開眼笑，說這是她留學最大的收穫。

她靈機一觸決定開一間餛飩麪店，因為與她學的商業管理，多少有點關係。

新店開張那天，她見到有一位女士帶媽媽來吃 ，心裏有所觸動，便吩咐店裏的夥計，今後凡有女士帶了上年紀的母親來吃麵，便不收媽媽那碗麵的錢。她把有女兒陪來吃麵的媽媽，都當做自己的媽媽，盡她一點心意。

新娘子的高跟鞋

敏兒明天出嫁了，她把試穿過好幾次的婚紗拿出來又再試一次，在鏡子前面左照右照，又叫媽媽和姊姊來幫眼。

婚紗的裙子很長，敏兒要穿上四吋高跟鞋才相配。新郎是高個子，也要這樣才相配。

電話鈴響，是新郎打來的，爸叫敏兒接聽。電話在客廳，敏兒走出房間，匆忙間鞋跟碰在一塊翹起來的地板上。敏兒哎喲一聲之後忽然大聲說：「壞事啦！壞事啦！」

媽說：「『大吉利是』！什麼事情大驚小怪的？」

「你看！」敏兒手上拿着一隻後跟破開的高跟鞋，哭喪着臉說，「我明天穿什麼！」

時間已經很晚，鞋店都已關門，而婚禮就在明天早上。

敏兒的鞋當然不止一對。媽一直說她鞋多，多得沒有地方放。可是，像這一對白色的、四吋高跟的，卻是再找不到第二雙了。

那些補鞋店也早已休息了，明天又沒有這麼早開門，怎辦呢？

敏兒在電話裏講了這件頭痛事，可是新郎也沒有辦法。

這時老爸開始在儲物室裏找東西。儲物室裏堆滿了雜物，他搬開了幾個紙箱，終於在牆角翻出一個布袋。

他搬來一張矮凳，開始把布袋裏的東西一件件拿出來。那是一個鐵砧、一柄小鎚、幾根縫針、一些麻線、兩瓶膠水，還有各色的碎皮，都是補鞋的工具。

原來爸爸做過二十年的補鞋匠，就在街角替街坊補鞋。靠補鞋養活了一家，並且讓他們進了大學。二十年的辛勞，使他腰也彎了，背也駝了。卻因為機器補鞋的興起，他的生意愈來愈清淡。一到兒女找到工作，他便結束了補鞋生意。這套工具卻捨不得丟，一直放在儲物室裏。

阿爸戴上老花眼鏡，對敏兒說：

「把鞋拿來。」

他把破了的新鞋端詳了一番，搖頭說：「現在手工差了，難怪這麼易破。」

然後他用麻線穿針，一針一針地縫起來，又把鞋子放在鐵砧上敲敲打打，忙了半個小時，對敏兒說：

「拿去試試。」

敏兒拿在手上左看右看，歡喜地說：

「完全看不出毛病來，阿爸你真了不起！」

「沒幹這個活很久，手腳慢了。你穿上走幾步試試。」

敏兒聽阿爸的話，把鞋子穿上，走了幾步，很是滿意。忽然她走到爸爸身邊，在他臉上親了一下說：

「爸爸最『抵錫』！」

爸爸是個大忙人

爸爸是個大忙人，萍萍對他很不滿意。不滿意他常常很晚才回家吃飯，只剩下她跟媽媽兩人吃，冷清清的。

不滿意他星期六也要上班，許多同學一個星期有兩個家庭日，而萍萍家只有一個。

即使是禮拜天，爸爸人雖然在家，卻要埋首電腦工作。媽媽說他的工作做不完，所以要拿回家來。因此這個家庭日也是有名無實的。

有一次，老師問大家到過海洋公園沒有？全班都舉手說去過了，沒有去過的只有萍萍一個。

跟着老師又問大家坐過纜車上山頂沒有？全班都舉手說坐

過了，包括剛從內地來港不久的兩個同學，沒有去過的又只有萍萍一個。

接着老師再問大家到過赤鱲角新機場沒有？這次有十多個同學沒舉手，萍萍卻舉起了她的手。其實她並沒有去過，她怕自己又是班上惟一沒有去過的「大鄉里」。

萍萍認為這都是爸爸的過失，他沒有盡他做父親的責任。她把這舉手的事告訴了媽媽。媽媽說爸爸實在太忙，過些時爸爸如果還是沒有空，媽媽會帶她去玩。不但去新機場，還要到太空館去。

想不到過了一個多星期，萍萍這天學校放假，媽媽忽然說，他們決定到山頂去玩，爸爸也去。

「爸爸不用上班麼？」

「他放假，他說公眾假期人多，學校假期出去玩最好。」

媽媽找了很久才找到爸爸那雙球鞋，又在箱底找出他兩條牛仔褲，可惜爸爸的腰粗了，還有一個很顯眼的小肚子，牛仔褲拉不上去。

當纜車把他們一家載上山頂時，萍萍心裏想：「下次老師再問，我真的可以舉手了。」

這天天氣很好，不冷也不熱，他們在「凌霄閣」俯看港九景色，又繞山一周，並在山頂公園野餐。不論到哪裏去，萍萍總是跳跳蹦蹦地走在前面，爸爸跟媽媽落在後面。萍萍發現爸爸有點氣喘，便說：

「爸爸，你要多運動！」

「老了，不中用了！」爸用毛巾抹汗。

當他們改乘公共汽車下山時，萍萍說：

「今天真好玩！」

「過幾天帶你去海洋公園。」爸說。

「好哇！」萍萍拍手。

第二天萍萍放學回家，發現爸爸在家裹沒有上班，卻戴着膠手套在抹玻璃窗。她覺得奇怪。

「爸爸你又請假？」

「爸爸不用請假，公司叫我不用上班了。」爸微笑着說。

萍萍一時呆在那裏，撲閃撲閃着兩隻大眼睛，先是一滴眼淚掉下來，然後是成串成串。「別擔心！」爸說，「我們先玩個痛快，然後我再去找工作。」

「吃得好嗎？」

阿童是一位有天分的青年畫家。本市最有名的畫廊主持人李克定教授看到他的作品之後，邀請他在畫廊舉行一次個展，不但免費提供場地，還替他搞開幕酒會招待文化界朋友。

這對許多人來說都是夢寐以求的機會，初出茅廬的阿童更覺機會難得。

他發覺自己的作品數量不足，如果能夠多畫三四幅便比較充實，可是他只有兩個月的時間。

更不巧的是這兩個月他的父母已訂下往歐洲旅遊的計劃。

「你們放心，我一定不會餓死！」阿童對面有憂色的母親說。

「讓他學習獨立生活也好。」父親說。

母親在臨行前傳授了一些簡單的烹飪祕訣，包括把一批材料一股腦兒丟進鍋裏，煮它四、五個小時便可以吃；包括怎樣燉蛋、炒蛋、煎荷包蛋，都是簡單又有營養的菜；包括放一小鍋水白煮菜心、芥蘭，加點蠔油便很好吃。

父親和母親差不多每到一個國家便給他一個電話，母親每次都問：

「吃得好嗎？可別餓壞了！」

「吃得好呀，別擔心！」阿童總是這樣回答。

兩個月後兩老回來了，父親一腳便踏進畫室，母親卻一腳跨進廚房。

「媽媽，快來看！」父親跟着孩子叫妻子做媽媽，語氣中充滿驚喜。

母親從廚房裏出來，臉色不大好，但丈夫沒有留意，只是高興地說：

「看，這幾幅畫多好！童兒進步多了，我想連李教授也會感到驚訝！」

「真的？」媽媽說：「你有哪一次不是稱讚他的！」

「這次不一樣！這次不一樣！」父親強調說。

「一樣也好，不一樣也好，我想你陪我到街市買點菜回來。」母親坐也沒坐便往外走，父親只得跟着。

結果母親買了一條活石斑、一斤活蝦、一隻新界農場雞、兩斤新鮮芥蘭、一打雞蛋……

「你今天晚上請客？」父親問。

「是請客，客人只有一個，便是阿童。」

「你買這麼多菜，吃得下麼？」

媽媽沒有回答，卻問了一條問題：

「你可知道這兩個月阿童吃些什麼？」

「吃什麼？」

「所有油鹽醬醋都沒有動過，卻有三十袋包裝的即食麪空紙箱六大個。」

母親說時，不覺眼圈兒紅了。

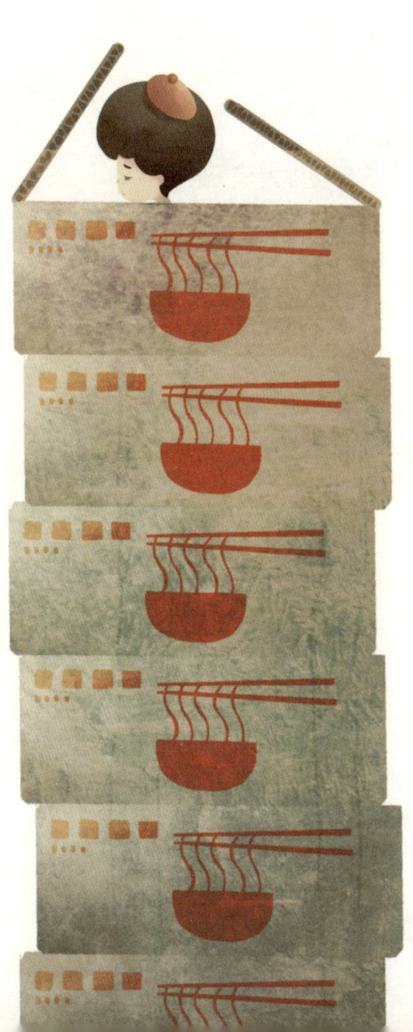

往日情，繫心頭

好像忘記了，其實忘不了。

我曾在新界大埔區擁有一間村屋，面對大帽山，我稱我的屋為「面山居」，出典來自一篇古文〈愚公移山〉。村內有一些廢置的破屋，據說主人移居外國，多年不回。村外又有不少荒廢的耕地，長滿野草。有十幾頭無人飼養的耕牛，每天自行走去山坡吃草，黃昏又列隊在夕陽下回歸。我想像破屋的小主人，與耕牛可能有一番交往。當他成長後歸來與舊日牛友重逢時，他們可會互相認得？

長洲出會時最受觸目的是飄色，由少年扮演古今名人。其中定有青梅竹馬的友伴，若干年後重逢，會是何等光景？〈呂布和貂蟬〉是我想像力馳騁的結果。

阿美和阿麗

五十年前一月一日零時一分，這個小城的婦產科醫院裏生下一個女嬰，取名阿美。因為她是這年出生的第一個嬰兒，她獲得一份很貴重的禮物，由市長親自送給她的母親。

同一天的零時二分，在同一間醫院裏誕生了另一個女嬰，取名阿麗。她什麼禮物也沒有，因為禮物只有一份，讓早出生一分鐘的阿美拿了。

有人說：阿麗的運氣不夠好。

阿美和阿麗都長得很美麗，兩人同在一間小學讀書。有一天，校園裏的一棵大樹忽然倒下，剛走過去的阿美安然無恙，跟在後面的阿麗被一根樹枝劃破了臉，痊愈之後留下一條難看的疤痕。

更多的人說：阿麗的運氣實在差。

五十年後一月一日的早上，小城教堂舉行新年崇拜，並不是時常往來的阿美和阿麗碰巧坐在一起。

「新年快樂！」阿麗說。

「謝謝，可是我一點也不快樂！」阿美拿出手帕來抹眼淚。

她們一同唱詩，一同祈禱，一同聽牧師講道。新年崇拜完了，人們紛紛離座。

「你可以陪我坐一會兒嗎？」阿美說。

阿麗握着阿美的手，向阿美點點頭。

「我結過三次婚，都是在這間教堂裏。可是最近我又離婚了。我想以後再沒有人愛我了！」阿美拿出手帕來擤鼻涕。

「我很貪心，我要許許多多的人愛我，婚前這樣，婚後也這樣。我總覺得丈夫愛我不夠多，我罵他們，我跟他們吵架，結果他們一個個走了，剩下孤零零的我。我知道我老了，醜了，以後再難期望有人愛我了。你說我是多麼的淒涼。」阿美伏在阿麗的肩上哀哀地哭起來。

阿麗輕拍她的背，在她耳邊輕輕地說：

「這世上除了母親，不曾有誰愛過我，可是我活得很快樂。阿美，請你看看我的眼睛，便知道我沒有騙你。」

阿美睜大哭紅了的眼睛，望進阿麗的眸子，果然看到裏面閃耀着幸福快樂的光芒。

「原來你的運氣比我好。」阿美說。

「我快樂，不是靠運氣。我知道自己的樣子難看，很難被人愛，連嬰兒也怕我，不肯讓我抱。可是我明白一個道理，沒有誰能阻止我去愛別人。

「我救濟貧苦，我為不幸的人做事，從來不期望他們的回報，哪怕一句感謝的話也沒有，我依然開心。

「我還愛上了一個男子，一個極漂亮、極高尚、極聰明、極有學問的人。我知道他不會愛我，他至今甚至不認識我，但哪有什麼關係呢？我覺得能夠找到一個值得我愛的人已經很幸福，有些人不是一生都找不到他的所愛麼？我想起他心裏便甜甜的，我夢見他更是快樂。我知道沒有人能阻止我對他的愛，也沒有人能奪去我對他的愛，我是愛得這樣的安心，又是這樣的滿足。」

阿麗溫柔地抱着阿美，在她背上撫拍着。

「阿麗，跟你相比，我是多麼的愚蠢。」阿美幽幽歎了一口氣。

呂布和貂蟬

這是一間公立醫院的 X 光部。除了意外受傷從急症室送來做檢查的人之外，也有樓上病房送來的病人，他們大多行動不便，坐在輪椅上等候。

有時等候頗需要時間，排在隊後推輪椅的醫院職工便會離開一會兒，去推另一部輪椅，或是到餐廳裏喝杯奶茶什麼的。輪椅上的病人無事可做，只能呆呆地坐着或是打盹。

「阿叔呀，我想上廁所。」輪椅上一個老伯說。

可是沒有回應，推輪椅的「阿叔」正在小賣部揩油看「八卦」雜誌。

「阿叔呀，我好急呀，我想上廁所呀！」過了一會兒阿伯又說。

「沒有人在呀，你叫也沒有用。」排在他後面的輪椅上的一個阿婆說。她把頭梳得整整齊齊的，精神看來也不錯。

「我真的好急呀！」阿伯焦急地說，跟着一聲呻吟，一些液體從輪椅上流到地下，匯成一灘又向各方流去。

「『醜死怪囉！』」阿伯自己說，用着一種特別的鄉音。

目睹這一切的阿婆忽然問：

「你是長洲人嗎？」

「對呀。你為什麼這樣問？」

「你是不是呂布？」

「你是——」阿伯瞪大了眼睛。

「我是貂蟬。」

大家都記起了許多許多年前長洲天后誕出會的情形，滿街的花牌滿街的人，還有高高的幾座包山。在喧天的鑼鼓聲中，最受注目的「飄色」在人牆中間列隊而過。

由男童女童扮演各種小説戲曲中的人物，巧妙地綁紮在隱藏的支柱上，讓大漢們抬着巡遊。有份被選作「飄色」人物，是孩子們夢寐以求的事，因為可以像大戲老倌那樣裝扮起來，受到眾人的注視喝采。

那一年他們一個扮呂布，一個扮貂蟬——《三國演義》裏面的美女俊男。

負責這次活動的陳師傅，在召集大家的時候，早已提醒他們要注意的事項，其中一點是事前不可喝水，免得憋尿起來無法解決。如果到時尿褲子那就「醜死怪」了。陳師傅的鄉音頗重，但大家都聽得明白。

他沒有喝水，不過吃了兩大碗白粥，陳師傅沒有説不可以吃粥。

呂布的扮相很俊，尤其頭上有兩條長長的雉尾，英氣極了。化裝打扮花了很長的時間，把他們綁紮在支柱上又用了更長的時間，然後是名人致詞，放花炮，到真的出發已經是三四個小時後的事了。

他的膀胱愈來愈脹，不但無心欣賞身邊嬌俏的貂蟬，對羣眾的指點和歡呼，也只覺得煩躁。他只盼望巡遊快點結束，可以讓他到廁所去。

巡遊的進程很慢，這條海旁大道好像永遠走不完。終於他的忍耐到了極限，他放棄了，一股熱流從他胯下突圍而出，流經他的大腿……

終於有眼尖的觀眾發現了，有人在喊：

「呂布『瀨尿』！」

許多年輕的女孩子掩着嘴笑，裏面有他的同學。

「醜死怪囉！」他喃喃地重複着陳師傅説過的這幾個字，包括他濃重的鄉音。

最後一章

電台負責《人生講座》的節目主持靜蘭女士，收到一封聽眾來信，信很長，字寫得很漂亮，下面是信的內容。

靜蘭女士：

你好，恕我冒昧，寫這封信給你。

我很少聽電台節目，昨天卻在朋友的車上聽到你主持的《人生講座》。你提及中學時代曾經做過豆芽夢，跟一位男同學有朦朧的愛情。這個男孩曾經省下一個月的早餐錢，買一份生日禮物給你。那是一隻小小的銀鐲，有簡單別致的花紋。你說後來大家各分東西，但那銀鐲仍在，帶給你一些美麗的回憶。

你的故事也勾起了我美麗中帶苦味的回憶。我相信你說的那個男孩正是我——劉國城，而靜蘭女士你的本名該是張靜芝。

最近我不止一次遇上童年、少年的舊友。在一次宴會中，有一位女士談起她曾在某某小學就讀，問清楚才發覺我們不但是同班同學，而且她還坐在我旁邊。誰想到五十多年後我們還有機會重逢。

在遊長江三峽的船上，我覺得一位遊客十分面熟，互通姓名之後，大家同時脫口驚呼。他叫我「蝦仔」，我叫他阿牛。原來我們曾經同在一間茶餐廳送外賣，生意清閒時還一起「打波子」、下棋。

上星期到附近公園晨運，一位生面孔的太太加入我們的太極班，她是新搬來這區居住的。可是再談下去，我竟發現她是我的舊鄰居，也是五十多年前的事了，我還記得她叫阿菊。

然後我發現了你，你說奇怪不奇怪？

看小說也好，看戲也好，在故事將完時，那些人物便會一個個重現，這叫首尾呼應，也是一種交代。

我在想：是不是我的人生也走到最後一章了？

真的很想見你。我們可以一同喝杯咖啡談談別後的一切嗎？無限企盼，附上我的電話和地址。

國城

幾天後，這位劉先生收到了一封回信：

國城：

收到你的信很高興。是的，我正是張靜芝。

在如此偶然的情形下讓你發現了我，真有點像冥冥中註定的。

不過你「人生走到最後一章」的想法嚇怕了我，因為你並不算老。

我的《人生講座》已做完最後一輯，過幾天我會到加拿大去，我的兒子和兩個孫兒都在那邊。

本來想在出發之前跟你喝杯咖啡，最後決定把這個重逢推遲，使你的「最後一章」不能完成。到了十年或二十年後，如果有緣，我們再見吧。

靜芝

回到廢村

我從外地回港度假，預定的重要節目之一，是探訪這個小村。

我早知道它已成廢村，我乘火車、轉小巴之後，還要步行一個多小時才到。可是這裏有我童年的回憶，在我異鄉的夢境裏，它們經常出現。

我帶了背囊，裏面有照相機，有水，有抹汗用的毛巾。這是一個晴爽的冬日，我進村的時候看看手錶，卻已是下午五點了。

一如我所料，荒草淹沒了所有的小徑，油漆剝落的木門上有生鏽的鎖，偶爾還有一兩張依稀可見的門神的臉。

我急急要找的是我童年的居所，我在這裏一直住到八歲，後來才跟父母到城裏居住。可是每年暑假我仍會回來，跟祖父母一起重溫我的鄉村生活。我爬山、釣魚、摘野果，也幫着修理滲漏的屋頂和關不好的門窗。

五年前我隨父母移民外地，祖父母竟在同年謝世，我們兩次回來辦理好喪事便不曾再回來過。

屋子並不難找，我趁斜陽拍了好幾張照片留念。大門上那把德國銅鎖還是好好的，後園的圍欄卻有幾處倒塌了。我從缺口處走進園子，裏面有個小小的涼亭。我還記得夏天的晚上我們一面揮動扇子趕蚊，一面聽祖父說故事。我走進涼亭，在爬進來的藤蔓下似乎有什麼在蠕動。這個季節蛇已開始冬眠，我撥開漸見枯黃的葉子一看，那下面竟是一隻大龜。

我記起了牠的名字，牠叫「阿懵」，從我有記憶的時候便在我家。牠在我家到處爬，會出現在許多你想不到的地方，把你嚇一跳。牠比以前大多了，從湯碗那樣變得像個臉盆了。我敲敲牠的背，幫牠拍了一張照。牠似乎活得不錯，我毋須為牠擔心。

天色漸漸暗下來，該是我回去的時候了。卻忽然聽到外面一陣雜沓的奔跑聲，是誰在這樣的時候來到這個荒村？我心裏一陣發毛……跟着我聽到吽吽的鳴叫，也聞到那熟悉的牛的氣息。

我走出園子，繞去前門。跟前出現一片奇景，至少有幾十頭大大小小的牛隻，正從我家門前奔跑而過。我曾在報上看過一段消息，説新界一些無人飼養的牛隻，互相交配繁殖，已經成為數目不小的牛羣。看來牠們仍然保持往日的習慣，吃草後趁天黑前回家。

我站在門前目送牠們走過，在光線不足下勉強拍了幾張照片。當牛羣都過去，路中心卻留下了一隻，牠跟牛羣走的方向相反，正抬頭看我。

「阿黃！」我忽然記起了爺爺飼養的那頭小黃牛的名字，並且喊了出來。

牠一步步向我走近，牠一定還認得我，我們本來是好朋友嘛！

我拍拍牠的頭，牠伸出舌頭來舔我的手。那很粗糙卻又溫柔的接觸，使我一陣心酸。

我跟牠說了一陣子話，也不知道牠是否明白。天色已晚，我說：「阿黃，我要回去了，你也走吧。」

牠果然回轉身去，走了十來步又回頭看我。我向牠揮手，牠發腳奔跑，很快隱沒在暮色中了。

把愛傳出去

從你們的手上出發，由他們的手上回來。

我的鄰居是一獨居老人，他很少與人交往，只是雇用了一個意大利婦人隔幾天幫他清潔打掃一趟。他沒有養貓養狗，卻喜歡拿吃剩的麵包餵烏鴉。因此他的屋簷和電線上，常有一羣烏鴉佇立，發出啞啞噪音。一天見那清潔女工與兩個警察在老人家門前商量，大概是說來過兩次都無人應門。後來知道警察破門入屋後發現老人已死去多日。類似的案例此地常有發生。根據這件真事我寫了〈餵烏鴉的老人〉，反映人際關係的疏離，加了一個光明的尾巴。「把愛傳出去」，並為此同聲讚美，是我的美好願望。

同聲讚美

這是一個爭吵聲不絕的城市。

馬路上人們用汽車喇叭代替咒罵，在震耳欲聾的鳴響中，交通陷於癱瘓。

大廈裏罵聲不絕，你罵我高空擲物，我罵你擾人清夢；你罵我冷氣機滴水，我罵你阻塞走火通道。

空氣中一片火藥味，聽眾罵電台節目主持，主持罵政府，聽眾又與聽眾互罵。

議會中沒有討論，只有爭吵，先是動口，然後動手，打得落花流水。

何伯伯的左鄰跟右里是一對冤家，中間雖然隔了何伯伯，一個月起碼打架一次。

打得最厲害那次，何伯伯去勸架，左鄰的一把利刀砍在他手上，流了很多血。

何伯伯在養傷期間開始做一件事，便是每天寫一封信。

他用受傷的手一個字一個字地寫，十分吃力，收信人他並不認識，也沒有他們的地址。有時他寄給報館希望記者代轉，有時寄往街坊福利會希望他們代查。

信的內容封封不同，主題卻只有一個，便是讚美。

他在報上讀到好文章，便寫信稱讚作者；他在電視上看到好節目，便寫信稱讚編導；他從新聞中得知好人好事，便寫信向他們致敬。

信上沒有他的姓名、地址，但每一封都提出一個同樣的要求：「假如你收到這封信感到開心的話，你也寫一封去讚美一個人，並且建議他也這樣做。」

何伯伯一寫便寫了五年。有一天，有一個從外地來的老朋友找他喝酒聊天。這個老朋友說：「五年前我到你們的城市來過，那時你的手受傷還未痊愈。這次再來，發覺你們的城市改變了許多。人們臉上多了笑容，到處都是和平恬靜的氣氛。」

何伯伯微笑不語，他拿出一封信來給朋友看，說是今天剛收到的。信上說：

「可敬的老人家，今天我上學的時候，看到你拾起地上一塊香蕉皮，把它丟進垃圾桶去。你的公德心是我學習的榜樣。收到這封信感到高興的話，請你也寫一封去讚美一個好人。」

老人隨即捧出一疊來信，說是這幾個月收到的。信中並無例外，都是讚美他做了好事。

老人說：「看來我播的種子，已經四處發芽開花。」

朋友離開之後，回家寫了一封信給這個城市的市政府，他讚美這個城市，並且講述了何伯伯的故事。

　　這個城市發行了一款新郵票，郵票上一個老人正在寫信。郵票上還有一句話：讓我們同聲讚美！

牧羊狗阿諾

阿諾是一隻四歲大的德國牧羊狗，有着很複雜的性格：頑皮、害羞、忠實、固執、溫柔、勇敢……牠的主人是一個年輕技工，替人安裝和修理中央吸塵系統。不過近來他的生意很不好，整個月才開工數天。阿諾對牠主人亞倫的處境一點也不擔心，反而為主人幾乎天天陪牠上街感到開心。

有一天，亞倫把門打開，跟一個朋友在門前聊了一會兒。到他想餵阿諾時，卻不見了牠。

這樣的事以前也曾發生過，阿諾悄悄地溜出去玩耍。不過牠膽子小，去的時間不會太久。亞倫心神不寧地等待着，等待阿諾回來時輕輕地吠叫和抓門。亞倫還想故意不給牠開門，作為一種懲罰。

門外終於傳來阿諾的聲音，不過跟平常不同，是一種可憐的嗚嗚的叫喚。

亞倫打開門一看，阿諾正趴在地上痛苦地嗚咽。牠見門開了，掙扎着想站起來，卻又跌回地上。看來傷得很重，定是在馬路上給汽車撞了。

亞倫把阿諾抱上他開工的小貨車，去找附近的獸醫。獸醫檢查之後說：「牠的股骨斷了，如果不動手術，恐怕活不下去。」

不過手術費很貴，是亞倫沒法負擔的。

亞倫心想：或許愛護動物會收費會比較便宜。他又把不停叫痛的阿諾抱上車，開車到愛護動物會去。

愛護動物會的接待處滿是人和動物，男男女女，貓貓狗狗。終於輪到亞倫和阿諾了，獸醫檢查之後說法相同，阿諾要接受一次手術，手術費加幣六百七十元；不過因為亞倫在失業狀態，可以獲得資助，但仍要付四百二十元（港幣三千三百元）。

錢不算很多，可惜亞倫還是拿不出來。他看到阿諾愈來愈痛苦的樣子，一面輕輕拍着牠一面對醫生說：「我沒有這筆錢，求求你們，不如讓牠安靜地睡去吧！」

這時一個帶着小兒子同來的男人忽然對亞倫說：「你願意的話，我可以付這筆手術費。」

「真的？」亞倫流下淚來。

「真的。」那男人眼中也閃着淚光。

同時淚水汪汪的，還有那容易受感動的負責登記的胖太太。

原來這位帶同兒子一齊來的男士，是送一隻養了十年的老狗來的。老狗病得很厲害，獸醫說不論他們願意花多少錢，也沒法把牠醫好了。當他們很難過的時候，看到亞倫和阿諾的處境，覺得救活一隻人家的狗，心裏也會舒服一些。

手術很成功，阿諾的健康恢復得很快。

阿諾出院之後，有一天這位先生帶着兒子來看牠。阿諾見到陌生人，照例在喉嚨裏咆哮，裝出兇惡的樣子。亞倫說：

「別叫，是幫助你的好朋友來了。」

阿諾立刻搖着尾巴表示歡迎，還伸出長長的舌頭舔那小男孩的手。

(這故事是根據一則真實的新聞故事改寫的。)

似曾經歷

許多人都有這樣的經驗：一件事情發生時，那處境、那人物、那事情的發展，都似曾經歷。是在夢中見過嗎？不能確定是一種預感嗎？卻又值得懷疑。

對阿華來說，這樣的事不是第一次了。

中一那年他參加班際乒乓球比賽，對手是中二的一個胖小子。阿華手風很順，使對方手忙腳亂，打到十九比一，看來是贏定了。胖小子不停抹汗，還神經質地笑着。

阿華覺得這笑容似乎曾經見過，這樣的比賽場合，周圍觀眾的喧鬧，都好像是錄像帶的重播。

他還恍惚記得結果他沒有贏，他會一分又一分地給對方追成平手。

事情的確如此。胖小子忽然大發神威，從十九對一追成十九對十九「刁斯」。這出人意料的結果引起了哄動，胖小子每得一分大家都喝采歡呼。

對方終於贏了這一局，阿華連沮喪的滋味也不覺得陌生。

另外一次雖是小事，阿華卻印象深刻。他放學乘升降機回家，到三樓時升降機門開了，進來一個老婆婆。阿華覺得這情況很熟悉，他似乎記得這升降機會停三次，而每次都會有一個老婆婆走進來。

結果居然一模一樣，三位老太太在升降機裏嘰嘰呱呱地談着，她們約好了到上面一戶人家去打牌。

這天當阿華騎着他的新自行車來到一處高坡，跟着俯衝而下時，那耳畔呼呼的風聲和高速下滑帶來的快感，把他帶進一個不知是過去還是未來的境界：

來到山坡腳，會有一個女人推着嬰兒車過馬路，他的自行車會煞掣不及把嬰兒車撞翻，嬰兒跌出馬路滿臉鮮血的哀哀啼哭……

當阿華的自行車以高速度飛快地滑行到斜路一半時，一個推着嬰兒車的女人出現在路邊。她顯然低估了阿華自行車下滑的速度，把嬰兒車推出了馬路。

阿華急扭把手避她，那女人卻加快了腳步，嬰兒車正正攔在自行車的前面。阿華再急轉也來不及，惟有拚死命煞車。他知道這樣急煞車，車一定會打觔斗；他也知道打觔斗之後，可能使他身受重傷。但良心告訴他：你別無選擇！

如今阿華睡在醫院的病牀上，身上有兩處骨折，另外縫了三十六針。

他的頭用紗布重重包着，只露出眼睛和嘴巴，探病的人因此看出他臉有笑意。鄰牀的病人聽到他做夢也發出笑聲，並且一次又一次地說：「我終於贏了！」

餵烏鴉的老人

故事發生在加拿大的一個小鎮。

鎮邊一間舊屋裏住着一個孤獨老人。

老人本來養了一隻老貓、一頭老狗，可是牠們因年老先後去世了，老人後來也沒有再養別的。或許他覺得自己再沒有能力去照顧寵物了。

不過鄰居們發現漸漸有一羣烏鴉聚集在他的屋邊，有的站在圍欄上，有的站在簷邊，不時啞啞地叫着。

原來老人把吃剩的麪包和三文魚頭丟在後園的草地上餵烏鴉。只要他的影子在屋後露台上一出現，烏鴉們便紛紛飛起；麪包和魚頭一撒開來，牠們便你爭我奪，同時嘰呱嘰呱地叫着。看來老人是把這羣烏鴉當做他的寵物了。

烏鴉的噪音和排泄物，開始使附近的鄰人不安，有人寫了抗議字條放進老人的信箱裏，可是情況並沒有改善。

終於有人寫信到市政府反映這種情況。幾天後市政府派人來到老人門前，他按鈴又敲門，可是裏面沒有任何反應，只聽見幾隻烏鴉在屋簷間嘶啞地叫着。

奇怪的是從這天開始，再不見老人在露台上餵烏鴉，聚集的烏鴉數目也漸漸減少了。

老人園子裏的草愈長愈長，不見老人請人來剪。開始有人擔心老人出了問題。他們大力按他的門鈴敲他的大門，回應的是一片寂靜——連烏鴉也不來了。

有人打電話通知了警局，警察破門入屋，發現老人已死去多時。

葬禮上有人報告老人的生平，他是第二次世界大戰的退役軍人，曾經獲得國家頒發的榮譽勳章。他有很好的木工手藝，小禮堂裏十八張長椅都是他的作品，連工包料他沒有收一分錢。

一個年輕的女孩帶淚代表整個社區向老人致歉，是大家的冷漠和疏忽讓老人在寂寞無助中死去。她希望這樣的事情再不會發生。

一個關懷小組成立了，他們會定期探訪鎮上的老人，陪他們聊天解悶，並且幫他們剪草、施肥、修理圍欄，陪他們看病。

關懷小組裏還有兩隻聰明狗和一隻智慧貓，牠們都懂得逗老人家開心，一進門便施展渾身解數與老人家親熱。

一家電視台知道這件事，便拍攝了一次探訪的過程，懂事的貓狗非常合作，老人家的歡顏十分燦爛。

不到半年，附近一百多個小鎮，都成立了他們的關懷小組，成員也包括聰明狗、智慧貓，還有會說幾種語言的鸚鵡，包括字正腔圓的廣東話：「你好嗎？」

小公雞

「嘰嘰，嘰嘰。」

陳伯以為是自己的心理作用，因為他飼養的大小三十二隻雞已經給漁農處人員集體處死，為什麼還聽見雞的叫聲呢？

他的三十二隻雞都是健康活潑的雞，每天清早，陳伯一打開雞籠，牠們便歡蹦亂跳地出來覓食、追逐嬉戲。公雞引頸長鳴，母雞咯咯作聲告訴陳伯牠們下了新鮮的蛋，歡迎他用來或炒或煎，為他的孫兒添菜。

一場禽流感風波，鄰近一家雞場的五千隻雞難逃劫數，陳伯的三十二隻雞也被勸諭斬草除根。

當漁農處人員執行他們的工作時，陳伯把自己關在屋裏，不忍心看着那掙扎就死的慘況。

「嘰嘰，嘰嘰。」

陳伯用手指掏一掏耳朵，依然聽到一隻小雞的叫聲，他開始沿着聲音尋去。終於在一個倒放的破花盆裏看到蠕動的影子。

「你這個小精靈！」

陳伯翻開花盆，一隻羽毛未豐但已看出是公雞的小傢伙現身了。牠側着頭看陳伯，還在他的手上輕輕啄了一下。

「想吃東西麼？」陳伯抓了一把飼料給牠。

「怎辦呢？」陳伯是個奉公守法的好市民，他擔心養雞——哪怕只有一隻也會被人告發，可是要他把這僅餘的小生命殺死，卻是他萬萬做不到的。

他記起後山山坡上有一間破敗的木屋，自從那孤老頭子病死後再沒有人住。

他穿過蔓生的野草來到屋旁，放下了一袋雞糧，還有一個空盒，可以積聚雨水，讓小雞解渴。

「你自己照顧自己啦！」臨走時他跟留下的小雞說。

陳伯沒有再到破木屋去看那隻小雞，因為他心裏趕不去四個字：凶多吉少。

可是在一個天還沒有亮透的早上，他在枕上聽到一聲雞叫，是那種還沒有發育成熟的公雞的叫聲。

「今天早上你們聽到雞叫嗎？」陳伯吃飯時問他的家人，但他們都說沒有。

一個多星期之後，除了耳朵有點聾的陳嬸之外，大家都說聽見了。

「是牠在叫麼？」陳伯不敢確定。

禽流感的風波終於過去，政府宣布大家又可以養雞了，當然要比以前更注意衞生。

一個陽光燦爛的早晨，陳伯再次爬上那山坡。未到木屋，他已聽到嘰嘰嘰嘰小雞的叫聲。撥開幾棵灌木，他幾乎不相信自己的眼睛，屋前的空地上是一隻羽毛燦爛的公雞，牠身邊還有一隻樸素而美麗的母雞，而在母雞的腳下是六隻毛茸茸的小雞。

牠們是從哪裏來的？這個謎對想像力豐富的你來說，相信不會太難猜。

災星班主任

從有記憶開始，Miss 方便是李世傑的班主任。

小學一、二年級的事，李世傑幾乎完全記不起來。要不是媽媽不時提起，説他自小怕上學，天天出門都是哭哭啼啼的，恐怕這段歷史在他記憶中只是一片空白。

小學三年級，李世傑只記得一件事，那是上 Miss 方的書法堂，要用毛筆寫大楷。早一天老師已經提醒大家把墨盒和毛筆帶回來，李世傑已經有兩次忘記帶這兩樣東西；這一次他不但記得，還為墨盒添滿了墨汁。

像好幾個同學一樣，那墨盒被墨膠黏得緊緊的，要拿出去請老師幫着開。老師利用一個五角硬幣，把一個個不聽話的墨盒蓋撬開。

輪到李世傑那個墨盒時，老師頗花了點氣力。當墨盒蓋終於彈開時，裏面的墨汁同時飛出來，濺到 Miss 方一手都是，還有好幾點濺到她的外套上。Miss 方氣得臉也紅了，大聲説：「你，你為什麼倒這許多墨汁！」

老師並沒有處罰李世傑，不過平常給他的習字分數是丙，這次卻是個大大的「丁」。

小學四年級，李世傑也只記得一件事。那一天教育署派人來看 Miss 方上課，是一位胖胖的戴眼鏡的女士，她坐在李世傑旁邊的一個空位上。女士的香水使他一連打了兩個噴嚏。

老師要大家練習造句，句子裏要有一對相反詞，譬如説：他年紀雖「小」，志向卻很「大」。

輪到李世傑，他指着身旁的女士説：「她的『香』水很『臭』，使我打噴嚏。」引得同學們哈哈大笑。課室裏只有兩人不笑，便是 Miss 方和那位胖女士。

Miss 方給李世傑的分數一向都很緊，包括操行分，差不多次次都是丙。又在評語欄上寫下不少批評的話，「多言好動」啦，「無心向學」啦，總是使爸爸生氣。

李世傑升上六年級的第一天，第一節是班主任的課，幫大家編座位、選班長、抄時間表。李世傑驚喜地發現走進來的是一位滿面笑容的年輕女老師，他的心歡喜得蹦蹦直跳起來。他想：我的災星終於離開我了。

新老師很快發現了他快樂的笑容，並且問了他兩個問題。李世傑很滿意自己的回答，新老師也說他答得好。可惜新老師不久便透露自己的身分，她是來代課的，十天之後 Miss 方就會回來。

日子過得很快，快樂的日子也好，不快樂的日子也好，總會成為過去。終於到了李世傑小學畢業的一天。

Miss 方派成績表給大家，李世傑第一次發現自己的操行是「乙」不是「丙」，又發現在評語一欄老師寫着：熱心服務，亦知勤學。

Miss 方説，這張成績表是給中學校長看的，所以她寫得好一點，也希望大家真的表現得好一點，不要讓中學的校長以為她亂寫。最後她祝大家學業進步，有空的時候回母校看她。這時候有幾個最容易哭的女生開始用紙巾抹眼淚、擤鼻水，跟着有一兩個人嗚咽起來。李世傑起初有點不屑：「哼，這些女生！」後來哭的人愈來愈多，包括一些男生。李世傑見到 Miss 方也轉身抹眼淚。她的頭髮灰白，背也有點駝，這幾年她老了很多。李世傑忽然鼻子一酸，禁不住的一聲嗚咽加入了眾人之中。

綠手指婆婆

芷茵的媽媽跟志浩的媽媽偶然談起一件事，說芷茵最近很緊張幾盆植物，一放學回家便去看它們，又用手指試泥土的乾濕，小心地澆水。志浩的媽媽說志浩也是一樣，把一盆海棠當寶，一天看上幾回。除了澆水還要施肥，把那液體肥料瓶子上的說明看了好幾遍。兩個母親都曾經問孩子為什麼這麼緊張，他們說：「這是祕密！」

這祕密得從頭說起：芷茵和志浩的同班同學「肥牛」說，他隔鄰住着一個獨居婆婆，對種花很有研究。左鄰右里有什麼花兒生病了甚至快死了，丟出門外等清潔工人撿走，這個婆婆便會捧回家去。幾個月後，婆婆會把一盆充滿生機、含苞待放的花送回原主。原來在她悉心的照料下，那棵植物已獲得重生。

聽說有這樣一個有本領的婆婆，同學們便把家裏枯萎生病的植物帶回學校，請肥牛帶回去請婆婆治理。

不過肥牛抗議說，那些植物連盆帶泥相當重，有時還不止一盆。他希望大家親自把植物交給婆婆，他可以帶路。

婆婆的家居很整潔，有一個向南的大窗戶，寬闊的窗台上擺滿了植物，有的枝葉茂盛，有的花團錦簇，也有一批樣子憔悴的，是在養病的一羣。

每次孩子們把有病的植物拿給婆婆看，她便戴上老花眼鏡細細端詳，一面看一面說：水太多啦，根都腐爛了！葉子長了霉菌，生病啦！整個盆都被根佔滿啦，要剪掉一部分，換盆加泥。看，這麼多的蚜蟲，在上面吸吮嫩芽的汁液……

果然孩子們那些奄奄一息的植物，在婆婆家住了一個時期後，大多可以康復。婆婆把照料的方法講得清清楚楚，便讓孩子們把花抱回家去。不過他們很少留心聽婆婆的話，他們愛玩的東西太多，誰有時間來照顧這些花花草草呢！反正下次再生病可以拿來請婆婆救命。他們有人叫她「綠色醫生」，有人叫她「綠手指婆婆」。芷茵和志浩是她的熟客。

可是有一天上學時，肥牛帶來了壞消息，綠手指婆婆在家裏暈倒。是幫她買菜和清潔家裏的鐘點女工發現的。如今婆婆已進了醫院，聽說是輕微的中風，不算嚴重，但要小心調理。

孩子們放學後結伴去看婆婆，婆婆精神不大好，說話也不像平常清楚，還有點氣喘。芷茵最是感情豐富，見婆婆這樣子已眼中有淚。

鐘點女工也來看婆婆，她說婆婆的兒子和媳婦都在外國，已經打電話通知他們，他們會儘快回來看她。

婆婆見到孩子們很高興，說可惜她暫時不能照顧那些花兒了。她說自己這次很幸運，沒有大礙，但下次再有事便很難說了。

志浩說婆婆身體一向健康，只要小心調理，身體會很快復元的。

肥牛說他會幫婆婆照料那些植物，在婆婆的教導下他已經懂得澆水的次數、分量，除蟲的方法，而且漸漸對栽種花草產生興趣。

最後芷茵有這個提議:大家認領一些花兒回家，悉心照料，婆婆則在醫院裏安心靜養。到婆婆出院，大家把那些花兒帶到婆婆家裏給她看，那時候要婆婆和花兒都精神奕奕，開一個慶祝會。

原來這就是孩子們的祕密。

物輕情意重

輕似鴻毛，重如泰山。

那年我父親去世，辦理喪事後，思念之情揮之不去。

家居附近有一家古玩店，散步經過常進去望望。此地的古玩店沒有什麼古董，雜亂堆放的只是一些舊東西，包括一些瓷器和金屬相架。相架中嵌着一些黑白照片，那些年幼的孩子可能已中年以上，老人家多數已離開這個世界。看到那些老人的照片就使我想起父親。

我的孩子幼時，總是由他們的爺爺步行送往附近的幼稚園，放學時還帶他們去飲豆漿、吃薯條。小女兒渴望有一對小皮靴，祖父說她經過鞋店時總不肯走，要站着觀望一會。祖父其實想買來送她，但知道我們家教甚嚴，反對貪戀物質，所以不敢買給她。

在思念的心情下我寫了〈古玩店的發現〉和〈祖父的遺物〉，記得我是含着淚寫的。

三個錦囊

從前有一個體能極強、智慧又高的少年，在十七歲那年拜別母親離開故鄉，到一個大城市去謀發展。

這孩子初次出門，對自己缺乏信心，臨行之前憂形於色，連飯也吃不下。

母親從房裏拿出三個錦囊，對他說：

「阿明，這裏有紅、黃、綠三個錦囊，裏面裝着媽媽給你的提示。在你最感苦惱、不知如何是好時，你可以順着紅、黃、綠的次序，打開來看。但有一個限制，每年只可以打開一個。」

阿明珍重地把錦囊放在背包裏，比較安心地上路了。

他在大城市裏掙扎了半年，竟找不到一份理想的工作，最後在一間凍肉倉裏做搬運工。那是一處沒有溫暖的世界，冷冷的燈光照射着一箱箱的凍肉，在裏面工作，差不多跟外界全無接觸。這一年的除夕夜，阿明獨自一人迎接新年的來臨，那份孤獨使他愈來愈難以忍受。他終於打開了母親給他的紅色錦囊，錦囊裏只有一張小紙片，紙片上寫着兩個字：深海。

阿明是個潛水好手，他知道這個城市附近有一處很深的海洋，而本地的潛水會正舉行一次深海潛泳活動。

阿明報名入了會，考取了高級會員資格，及時參加這年第一次的深水潛泳。

深深的海底一片漆黑，長年在這裏生活的水族已經幾乎失去視力，牠們身上卻發出不同顏色的磷光，形成一個奇幻美麗的世界。一個意念從阿明心中升起：

「即使在漆黑靜寂的世界裏，我們本身仍可發出美麗的光芒。」

阿明通過潛水活動，認識了不少朋友。凍肉倉的工作不再使他感到孤寂窒息，他甚至在工作的時候唱歌、誦詩。

後來他找到一份新的工作，在本城市政府一個部門擔任文書。工作環境改善了，但人事複雜，部門與部門之間，主管與主管之間，矛盾重重，勾心鬥角。相爭的結果，犧牲的往往是下級職員，阿明一次又一次蒙上不白之冤。

又是一年的除夕，鬱悶的阿明打開了母親的黃色錦囊，裏面又是一張小紙片，上面寫着兩個字：高山。

元旦那天，阿明獨自登上了本城最高的山頂。是一個寒冷的晴天，全城歷歷在目，阿明深深吸入一口寒冷清新的空氣，但覺心胸開闊，人世間那些無謂的紛爭，實在可憐可笑。他狂嘯幾聲，歡然下山。

新的一年，阿明升職，同時負責一件既複雜又困難的工作。圈內人都知道他這麼快獲得升職，其實是想找他背失敗的黑鍋。

這件工作的確困難重重，阿明做到筋疲力倦、心力交瘁，進展十分緩慢。面對上級的催迫，同事的冷嘲熱諷，這年的除夕，阿明打開了最後一個錦囊，裏面同樣有一張小紙片，但翻來復去卻一個字也找不到。

聰明的阿明知道，這是母親最後的一個提示：學習自我承擔，不再依賴他人。

古玩店的發現

自從移民來到加拿大的溫哥華之後，父親一直找不到工作，幸好他還有點積蓄，生活暫時不成問題。

他學過畫，既然沒事做，便重新拿起了畫筆。這地方到處都是風景，在自家露台上已經有很好的描繪角度。

除了畫畫、看報紙、做園務和散步之外，父親最喜歡逛古玩店。加拿大立國的歷史短，四、五十年的東西已經算是古玩了。古玩店更像個「雜架攤」，價錢不貴，也很少有好東西。父親偶然會買一些樣子特別的瓶瓶罐罐，作寫生之用。

今年春假，學校放假一星期，一個下微雨的日子，我和六歲的弟弟呆在家裏玩電腦遊戲。爸爸戴上一頂雨帽說：

「我去古玩店，有沒有人想跟我來？」

「我！」弟弟和我一齊舉起了手。

古玩店裏燈光暗淡，大胖子老闆娘坐在小櫃枱後面，把狹窄的空間塞得滿滿的。每次見她不是打電話便是吃東西，唉，難怪她這麼胖！

店裏每一個角落都放滿東西，瓷器、家具、油畫、唱片……全都是舊的，你得小心地移動腳步，免得碰翻了什麼。

我們三個人一進去，便像往常一樣，各有各的找自己感興趣的東西看。忽然我聽到弟弟在喊：

「Grandma！」

他自上學以後，說話漸漸多用英語。這時我正站在離他不遠處，見他滿臉驚訝地看着架上的什麼東西，便走過去瞧瞧——

「嫲嫲！」

這次輪到我驚叫了。貨架上放着一個相架，裏面放着一幅古舊發黃的照片——一個穿着整齊的年輕女人，手上抱着一個才幾個月大的小男孩。這張照片一直放在爸爸的書架上，這年輕的女人是爸爸的母親，那小男孩正是我們的父親。我們移民之後，所有的貨箱都已打開，就是不見這幅照片。爸爸曾經沮喪地說：「一定是把一箱箱不要的舊書扔掉時，不小心把相架也弄跌在裏面，被收舊貨的人搬走了。」這是他最珍貴的照片之一，每次提起都會深深地懊悔。

這時爸爸也靜靜來到我們後面，他一手拿起那個相架。我見到他的手在發抖。

付了五塊錢加幣，我們把照片買下。回家路上，我跟弟弟興奮極了，嘰嘰呱呱地說個不停，猜想這幅照片怎會從香港來到這邊的古玩店。只有爸爸沉默地走着。付錢時他問胖老闆娘可知道照片是怎麼來的。她聳聳肩膊，回答說：

「God knows！」

在快到家門前時，爸爸靜靜地說：

「是嫲嫲自己來找尋我們的。」

故鄉小木橋

幾十年來，他被同一個噩夢驚醒過無數次。噩夢帶來的呼喊常常吵醒枕邊的妻子，累她因此失眠。

夢中他要走過一道小木橋，木橋沒有欄杆，只是幾塊破爛的木板擱在東倒西歪的支架上。走在橋上，可以看到橋下的流水湍急而過。每次他在夢中過橋時，都兩腳沉重，不聽使喚，橋雖然很短，他卻走來走去仍在橋的中央。

有時身前身後都有惡狗對他狂吠，有時狂風大作吹得他站立不穩，有時迎面而來一個魁梧漢子要他讓路，有時下着大雨使他視線模糊。最可怕的是在星月無光的晚上，四周漆黑一片，要他摸索着過橋。

這些艱難的處境結果都是相同的。他一個站立不穩，一腳踩空從橋上掉下，他就失聲驚呼，一身冷汗地從夢中醒來。

記憶中童年在故鄉小鎮上是有這樣一道小橋。他住在橋東，所有的店舖和市集都在橋西；橋東的人要到橋西買東西，小橋是必經之路。

他一向畏高，又不會游泳，所以每次過橋，心都好像提在手上。除了害怕會從橋上掉下去之外，他又不想別人看到他過橋時害怕的樣子。許多小孩在橋邊追逐嬉戲，他們一溜煙地從這邊跑過去，又一溜煙地從那邊跑過來，不像他那樣戰戰兢兢、一小步一小步地慢慢移動。

父親愛喝兩杯，晚飯時見媽媽燒得好菜，便叫孩子去買酒，帶個空瓶到橋對岸的酒莊打半斤高粱。他是家中大兒，心裏雖然不情願卻還是要去。有一天晚上風很大，爸爸又叫他去買酒，想到要在風中走過破爛的小木橋，他的腳已經軟了，便皺起眉頭按着肚子說肚皮痛。想不到比他小兩歲的弟弟自告奮勇說：「我去！」

弟弟的膽子一向比他大，屬於可以一溜煙跑過橋去的那種人。爸爸就把酒瓶子和錢交給他說：「半斤高粱。快去快回，不要在外面玩。」

可是弟弟沒有快回，當爸正在罵他「又在外面瘋」的時候，一個鄰居把他背了回來。他摔在橋底下把腳扭傷了。這季節正值乾旱，橋底下沒有水，不然就淹死了，因為弟弟也不懂游泳。雖然腳踝腫得老大，但人沒事，已經算是幸運的了。因此他對弟弟有份歉意，是自己不肯去買酒才累他受苦捱痛。兩年後弟弟因痲疹去世了，這份歉意在他心中就更深了。

其實從很小的時候起，他便做從橋上掉下去的噩夢。想不到他離鄉數十年，事業有成，結婚生子之後，這樣的夢還是擺脱不掉。

他的生意做得不小，有一次要到故鄉附近的一個城市談合作開廠，便順道回鄉一行。

故鄉變化居然不太大，那間酒莊和那道木橋都在。木橋雖然一樣的破爛，但不像他記憶中的那樣高，那樣令人驚怕。他緩步從橋上經過，橋下綠水悠悠流過，他的影子倒映水中，許多往事湧上心頭。

他對陪伴的鎮長先生（他童年好友之一）說，他願意出錢建造一道結實的、有圍欄的木橋，作為送給故鄉的一份小小禮物。

說也奇怪，自那一天開始，從小木橋上掉下來的噩夢再不曾出現過。

祖父的遺物

祖父逝世三個多月了，他的房間仍保持原來的樣子，遺物也不曾清理。父親本來很忙，祖父的病和辦理喪事，積壓了許多工作待他處理；媽媽要代表公司到歐洲去辦貨，下個月才回來。只有我開始放聖誕假，是家裏最空閒的人。爸爸說：「如果你喜歡，就幫着收拾收拾吧。」

我跟祖父的感情很好，他陪我玩陪我做功課的時間比爸媽還要多。祖母早幾年去世，老伴不在，他很是寂寞；我長大了也有自己的朋友，根本沒有想到抽時間陪他。現在想起來我很是抱歉。

祖父的東西其實相當整齊，我不知不覺地由收拾變成回味，因為許多東西都引起我的回憶。

他看報紙用的放大鏡，是我的玩具之一。我放在太陽下聚焦，點着一根根的火柴；又把昆蟲的屍體放在焦點下，讓牠們化成一縷縷的青煙。

他有一根名叫「不求人」的竹造的長柄小手，用來搔背最是方便。爺爺搔背的時候總是閉上眼睛，很享受的樣子。

我把爺爺的東西一件又一件地把玩，時間不知不覺地過去，房間漸漸暗下來。我開了燈，開始看爺爺的照片冊。其中一冊打開第一頁，正是爺爺滿臉含笑抱着一個嬰兒，旁邊有小字寫着：「攝於愛孫彌月」。我認得這「愛孫」是我。我嬰兒時頗為難看，但爺爺不嫌，一早便呼我為「愛孫」了。

放好照片冊的時候，我發現這大抽屜的一角放了一個小小的鞋盒。我打開來一看，裏面是一對漂亮的紅色小皮靴，適合五、六歲的小女孩穿着。看看鞋底，完全沒有穿着過的痕迹，這是一對新鞋。

爺爺為什麼保存着這麼一對小女孩的新皮靴呢？我在燈下

拿在手裏翻來復去地看，卻找不到答案。

爸爸下班回來了，我把小皮靴拿給他看，他也皺着眉頭說:「奇怪。」

我把小皮靴放回原來的地方。媽媽從歐洲回來的第二天晚上，我拉她到爺爺房裏，從大抽屜裏拿出那對小皮靴給她看。

媽媽把小皮靴拿在手裏，像我一樣反反復復地看，終於她開口了：

「那時你才五歲，開始『貪靚』，喜歡穿漂亮的裙子，一經過鞋店便捨不得走，看那些新款式的皮鞋。

「你生日那天，我才買了一對新鞋給你，過幾天你卻又求我再買一對紅色的小皮靴，我不答應。你每天從幼稚園放學回來，總要拉着接你放學的爺爺，硬要看鞋店裏這對小皮靴。

「終於有一天，爺爺買了這對小皮靴回來，他說曾經有一次進店去讓你試穿過很合腳，他想當做是我買的，讓我送給你，等你更疼愛媽媽。

「可是我一口拒絕了，我說小孩子不能放縱，今天買了皮靴明天又要買別的什麼，這會教壞孩子。爺爺什麼也沒說便把小皮靴收回去，我還以為他拿去退貨了，想不到他一直收藏着。」

我從媽媽手裏拿過那對小皮靴，緊緊攬在懷裏，眼淚已經流得一臉都是。

繫心的「百家被」

史提芬兩歲那年，祖母親手做了一牀「百家被」給他。

百家被是用一塊塊碎絨布併合起來的，不同的花色在祖母細心的編排下，顯得既和諧又豐富多彩。

當然家裏是沒有這許多碎絨布的，祖母把她想做一牀百家被的事告訴她的朋友和鄰居，於是這家拿幾塊過來，那家拿幾塊過來，多得祖母用不完。

史提芬很喜歡這牀被，因為又柔軟又溫暖，有了這牀被子他睡得特別香甜。

可惜隨着年齡的增長，史提芬精神上的毛病愈來愈顯著。他很容易發脾氣，一發起脾氣來誰的話也不聽。他大聲叫嚷，破壞家裏的東西，最可怕的是他還會點火焚燒物件，不止一次幾乎闖出大禍。爸媽帶他去看過不少醫生和專家，但進步不大，時好時壞。

史提芬十歲的時候，媽媽生下了弟弟羅比。史提芬並不妒忌，而且對弟弟相當愛惜。爸爸卻跟媽媽時常爭吵，終於分居了。

史提芬雖然愛惜弟弟，可是大家擔心他發起脾氣來又砸東西又點火，對嬰兒來說十分危險，便讓他去跟父親同住。

史提芬十二歲那年，父親覺得自己沒有能力照料他，把他送去寄養家庭。一年後他回到父親身邊，幾個月之後又給送到一處叫「兒童之家」的地方過集體生活。

不論到哪裏去，史提芬都帶着他最心愛的百家被，在沒有家人一起的日子，這被子是他惟一的安慰。

一九九八年的復活節，史提芬回家跟母親、弟弟一同度過。他情緒穩定，跟小弟弟玩得很開心，完全沒有發過脾氣。媽媽在心裏想：或許他可以回來跟家人在一起了。

不幸在四月十八日，史提芬十四歲生日的第二天，他跟兒童之家的兩個同伴，偷偷出外玩耍，卻在一場車禍中三人同時喪生了。

史提芬的母親把兒子的器官分別贈送給四個在死亡線上掙扎的病人，手術都很成功，孩子的遺體挽救了四條生命。

他的身體像是拆開來的百家被，使四個家庭分享到喜樂和溫暖。

在失去兒子的悲痛漸漸平伏下來之後，史提芬的母親想起了那牀百家被，她想拿回來給小兒子用，也是對史提芬的一種紀念。可是失事的車上沒有，兒童之家沒有，史提芬的父親那裏也沒有。

百家被失蹤了。

如今史提芬的母親希望有人發現這被子，把它送還給他們。那被角繡有史提芬的名字，還有他的出生日期：一九八四年四月十七日。

(這個真實的故事發生在加拿大的卑詩省。)

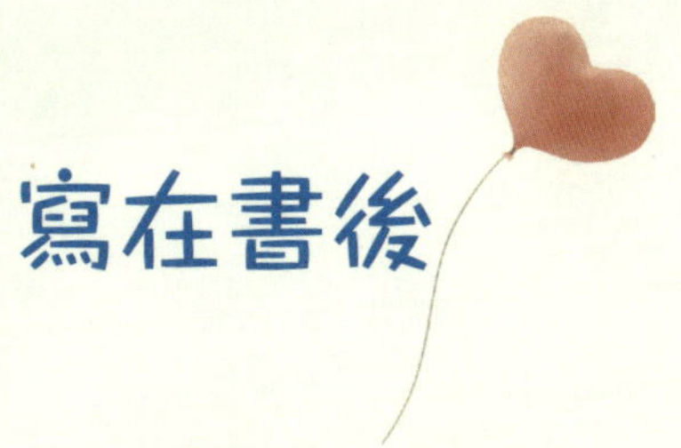

寫在書後

人有命運，書也一樣。

我的幾本故事集都曾獲獎，文學雙年獎啦，十本好書獎啦，十本好讀獎啦，偏偏這本《不一樣的故事》是例外。

我很喜歡這批故事，讀者的反應也不差，銷數理想，也聽到不少讚美。

可是好運氣終於來了，突破出版社要將它重新包裝，與新的朋友結緣。由綺華重新編排，突出書的主題為一個「情」字。更高興的是請得畫家 Dell 為本書重新繪畫插圖，他詩意又飽含想像空間的作品提升了書的質素。

謝謝幗坤當年為此書催生，如今又賦予它新的生命。

2013 年 5 月